Weihnachtsgeschichten aus der Elbmarsch

Bärbel Petersen

Weihnachtsgeschichten aus der Elbmarsch

gehört und aufgeschrieben

von Bärbel Petersen.

Die Radierungen fertigte

Reinhard Wieckhorst.

Bibliografische Information der Deutschen Nationalbibliothek: Die Deutsche Nationalbibliothek verzeichnet diese Publikation in der Deutschen Nationalbibliografie; detaillierte bibliografische Daten sind im Internet über dnb.dnb.de abrufbar.

1. Auflage
© 2021 Bärbel Petersen
Zeichnungen/Radierungen: Reinhard Wieckhorst, Marschacht

Herstellung und Verlag: BoD – Books on Demand, Norderstedt

ISBN: 978-3-7526-8440-7

Der Erlös dieses Buches ist bestimmt für das Projekt

Wohnen für erwachsene behinderte Menschen

in der Elbmarsch.

Ich danke meinen Kindern und Enkeln für die technische Hilfe und meinem verstorbenen Mann, der mich immer dazu ermutigt hat, die Geschichten aufzuschreiben.

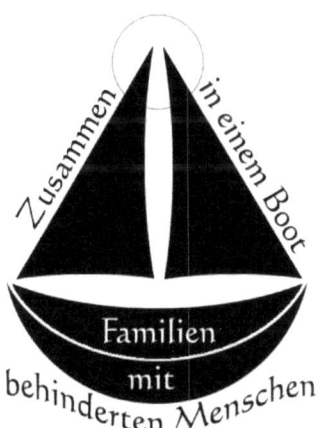

Das alte Bauernhaus prägte den Ort über 400 Jahre. Es wurde etwa 1570 gebaut und ist leider 2009 den Flammen zum Opfer gefallen.

Inhalt

Die Geldbombe

Es war der Tag vor Heiligabend. Es war spät. Die Straßen waren schon menschenleer. Im kleinen Supermarkt brannte noch ein spärliches Licht. Niklas stand traurig vor der Eingangstür. Da hörte er leises Schlüsselgeklapper. An der Seite, dem Nebeneingang, nestelte ein Mann am Schloss herum.

„Gehört Dir der Laden?" Niklas stupste den Mann an. „Willst du noch schnell etwas holen? Dann bringe mir doch bitte einen Karton Konfekt und einen großen Weihnachtsmann aus Marzipan mit, oh nein, nur Konfekt, denn ich habe nur drei Euro, also nur Pralinen. Meine Mama ist krank und Papa ist tot, Motorradunfall, weißt du?" Niklas schluckte ein wenig.

Gustav zögerte, dann schaute er den kleinen Mann mit den großen traurigen Augen an. „O. k., komm mit, suche Dir schnell deine süßen Gaben aus, ich habe nicht viel Zeit."

Gustav hatte kurz vor Ladenschluss zufällig hinter einem Regal stehend gehört wie der Marktleiter zu jemandem sagte: „Ich schaffe es nicht mehr, zur Bank zu fahren. Die Geldbombe lege ich unten in den Schrank vom Personalraum. Zwischen der Arbeitskleidung wird kein Dieb das Geld finden."

Das tolle Motorrad wollte Gustav schon lange kaufen, sich jetzt zu Weihnachten gönnen. Aber nie reichte das Geld. Niemand würde ihn verdächtigen. Gelegenheit macht Diebe, ha.

Während Niklas die Pralinen holte, eilte Gustav in den Aufenthaltsraum, fand sofort das Geld, verstaute es in seine Aktentasche und rief den Jungen zur Eile. Niklas steckte sich im Vorbeigehen noch schnell eine Tüte Teddys in die Hosentasche.

„Lauf nach Hause, Junge."

„Hier, die drei Euro. Bringst du mich noch heim? Ich habe Angst, es ist so dunkel geworden. Außerdem schimpft Mama sicher."

„Da bist du ja, Niklas, wo warst du?"

„Der nette Mann hat mich nachhause gebracht. Er hat mir nach Ladenschluss noch diese Pralinen verkauft", rappelte Niklas los, „und bezahlst du noch die Teddys, die habe ich einfach mitgenommen."

„Nein, die gibst du dem Herrn zurück. Setzen Sie sich doch. Ich koche schnell eine Tasse Kaffee." Mama zündete noch eine Kerze an.
Gemütlich war es in der kleinen Stube. Eine unbeschreibliche Wärme ging von der Frau aus.
„Ich komme gleich zurück. Ich muss nur noch ganz schnell etwas erledigen."

Gustav stürmte förmlich zurück zum Kaufhaus, schlich wie vorhin rein, legte das Geld wieder an den Fundort zurück und lief schnurstracks zurück zu der kleinen Familie. „Kinder sind doch Engel", murmelte er zerknirscht vor sich hin.

Später als Gustav und Helene, so hieß Niklas Mutter, schon länger verheiratet waren, erzählte er seiner Frau diese ganz persönliche Weihnachtsgeschichte.

Die Maus

Die Gymnastikstunde hatte begonnen. Das Geschnatter der Hupfdohlen verstummte. Nach flotten Musikklängen steppten die Damen konzentriert durch die Halle. Dann stellte die Leiterin Heike das Kästchen mit den kleinen Säckchen bereit. Gedächtnistraining sollte stattfinden. Nacheinander nahmen sich die Sportler je ein Säckchen aus dem Kasten.
„Huch, was war das?", schrie Hella. Eine dicke, fette Maus war ihr über die Hand gesprungen. Die Maus rannte in Richtung Kletterwand, dann zurück in Richtung Flur, durch die Tür in den Flur zu den Umkleideräumen. Weg war sie. Der Säckchenkasten entpuppte sich als ein fein säuberlich zusammengestelltes Mäusenest. Es war noch leer.
„Weitermachen, dann nehmen wir die Bälle."
Nach der Stunde ergötzten sich alle, wie üblich, an einem „Becher" Sekt. Da schrie Claudia: „Oh nee, in meinem Stiefel sitzt das Tier."
Carla stülpte eine Plastiktüte über den Stiefel und bestimmte: „Ich bringe dich per Auto nach Hause. Die Maus lassen wir unterwegs laufen."

Vielleicht, ja vielleicht war das ja nur die Weihnachtsmaus? Vielleicht sitzt sie schon in einer warmen Stube, wer weiß, vielleicht bei Dir?

Der Weihnachtswunsch

Es war Sommer, August 2019. Inge besuchte ihre Tochter in Marschacht. Sie hatte fast ihr ganzes Leben in Marschacht in der Elbmarsch verbracht, bis ihr Mann für seine Firma eine Zweigstelle in Mainz einrichten sollte. Die beiden Kinder hatten bereits in Drage und Hamburg jeweils eine Familie gegründet. Zu wichtigen Anlässen kreuzten Inge und Rolf zwar immer auf, aber aus Termingründen reisten sie schnell wieder ab.

Nach Rolfs Tod nahm Inge sich viel Zeit, die Elbmarsch neu zu erkunden. Sie schnappte sich ein Fahrrad und radelte durch die Feldmark, einfach ohne bestimmtes Ziel, nach Lust und Gefühl.
In Schwinde begeisterten sie die vielen gepflegten Neubauten, ebenso die liebevoll renovierten, betagten Häuser. Immer wieder blieb sie staunend stehen. Gemüsefelder und Getreideflächen verschönerten einst die Landschaft, jetzt ein Baugebiet. In Krümse und Rönne erkannte sie noch einige Domizile, erinnerte sich sogar an die Namen der Besitzer.
Es war heiß, doch die Wege wurden von dem Buschwerk und Bäumen gut beschattet. So kam sie in Niedermarschacht an den Baggersee, setzt sich auf die Bank. Damals entstand der künstliche See, den Lehm und die Erde benötigte man für den Deichbau. Das Ufer bepflanzte man mit Büschen, kleinen Birken, Eichen, Weiden und Eschen. Die ersten Enten hatten das Wasser entdeckt.
Und heute? Inge konnte nur staunen. Die Pflanzen vor dem Teich ließen nur einen spärlichen Ausblick zu. Schwäne schwammen majestätisch herum, Enten glitten im Konvoi von bis zu zehn Tieren über das Wasser, Gänse schlugen Wellen mit ihren großen Flügeln, und viele verschiedene andere Wasservögel tummelten sich auf dem Wasser. Es schien ein Sonntagstreffen der Vögel zu sein, denn es piepte, schnatterte, grollte und krächzte so laut durcheinander, fast wie in der Pause einer Schulklasse. Inge freute sich, dass die Tiere diesen damals aus technischen Gründen entstandenen Teich so gut angenommen hatten.

Sie verlor sich in Gedanken an die damalige Zeit, wie sich doch so vieles verändert hat. So gab es noch nicht die vielen Maisfelder. Gott sei Dank haben ein paar Korn- und Brachfelder überlebt.

„Dürfen wir uns zu Ihnen setzen?", ein junges Paar stellte die Räder ab, befreite sich von den Helmen und setzten sich zu Inge.

„Es ist wunderschön hier, nicht?", fing der Mann ein Gespräch an. „Haben Sie hier vor langer Zeit auch schon einmal gesessen?"

„Sehr oft, und heute wieder", lachte Inge freundlich.

„Ich möchte mich bei Ihnen bedanken, denn Sie haben mir den richtigen Weg für das Leben gezeigt."

„Ich?" Inge stammelte fast.

„Vielleicht erinnern Sie sich. Ich habe Sie sofort erkannt. Sie saßen wie heute hier auf der Bank. Da kam ich mit meinem Freund an, bewaffnet mit einem Luftgewehr. Wir zielten auf Enten, trafen aber nicht, alle flogen fort. Da sprachen Sie uns ganz ruhig an und baten freundlich, uns zu Ihnen auf die Bank zu setzen. Wir taten das.

‚Habt ihr schon einmal das bunte Treiben auf dem Teich beobachtet? Schaut, die Entenmutter hat die Kleinen gerade unter ihre Flügel genommen, beschützt sie so.'

‚Hm', antwortete ich unbeholfen.

14

‚Im Schilf, da sitzt und brütet ein Schwan. Der verhält sich ganz still, weil Gefahr droht. Schaut einmal durch mein Fernglas, dann könnt ihr durch die Büsche die weißen Federn durchschimmern sehen.'

Erstaunt, dass wir nicht ausgeschimpft wurden, ließen wir uns auf ein Gespräch ein. Sie berichteten uns von Tieren und Pflanzen, die es in der Elbmarsch gibt. Noch nie hatte uns jemand so angesprochen, so wahrgenommen.

Sie liehen uns ein Buch über Wasservögel, speziell an Teichen. So ein Buch wünschte ich mir dann zu Weihnachten, meine Eltern haben mich nie auf die Geheimnisse der Natur aufmerksam gemacht.

Heute bin ich Ornithologe und versuche Kinder zu motivieren, wann immer möglich, sich für die bunte Vogelwelt, die Natur, zu interessieren.

Vielen 1000 Dank, ein kleines Wunder, Sie noch einmal getroffen zu haben, Frau Heinze. Über einen Besuch von Ihnen würde ich mich freuen."

Der Räuber

Endlich Feierabend. Bis 22:00 Uhr musste sie Waren packen, an der Kasse sitzen und aufräumen. Glücklicherweise hatte sie keine Verantwortung für die Kasse. Gisela zog ihren Mantel an, ging noch einmal in den kleinen Gruppenraum zurück, um noch die Einkäufe von Budnikowski zu holen.

Was war das? Eine tiefe Männerstimme brüllte im Nebenraum:

„Bist du allein?"

„Ja, alle sind schon nach Hause."

„Wo ist das Geld?"

„Im Tresor", flüsterte Giselas Kollegin voller Angst.

„Mein Handy - Gott sei Dank habe ich es in der Tasche." Gisela rief die Polizei an. Dann überlegte sie: Das dauert zu lange bis die hier sind. Eindruck dürfte auch die Feuerwehr machen. Die Nummer vom Brandmeister war in ihrem Handy gespeichert.

Der Feuerwehrchef hörte sich das Geflüster an: „Wir kommen sofort. Wir keilen den Verbrecher ein."

Die Kollegin öffnete gerade den Tresor, der Räuber schob das Geld in eine Tasche, bedankte sich sehr würdevoll bei der Verkäuferin und verabschiedete sich: „Fröhliche Weihnachten! Und bitte, meine Dame: keine Polizei, sonst..." Er deutete an, ihr die Knochen brechen zu wollen, wenn...

Gisela konnte keinen Laut von der Kollegin hören. Der Räuber verließ gemächlichen Schrittes den Laden, sehr selbstsicher, ja selbstbewusst. Aber mit der Dorffeuerwehr hatte er nicht gerechnet. Das Tanklöschfahrzeug und zwei PKWs stellten wie auf Kommando das Licht an, blendeten den Dieb und ein kalter Wasserstrahl traf den völlig überraschten Gangster. Die Tasche mit dem Geld fiel auf die Erde. Feuerwehrmann Karl brachte diese sofort in Sicherheit. In dem Moment traf die Polizei ein.

Gisela kam aus ihrem Versteck gelaufen: „Alles paletti?"

Die verängstigte Kollegin wurde von der Polizei beruhigt und ins Polizeiauto gesetzt.

„Ich wollte doch nur den armen Flüchtlingen mit dem Geld eine Freude machen, ehrlich." Weinend ließ sich der Räuber abführen.

„Bitte helfen sie den armen Menschen, ich habe alles falsch gemacht. Verzeihung, war eine Schnapsidee", stammelte der Verbrecher. „Trotzdem fröhliche Weihnachten!"

„Höflich war er ja, aber Angst hatte ich trotzdem", gab Gisela ihren Kommentar ab.

Die Überraschung

Das Theaterstück war zu Ende. Die Zuschauer hatten Bauchschmerzen vor Lachen. Ein typisch plattdeutsches Stück.

„Der Heino hat wieder einmal besser gespielt als die Ohnsorger", war die vielfache Resonanz der begeisterten Zuschauer. Beschwingt trödelte Heino nach Hause. Seine Frau lag mit einer leichten Grippe im Bett. Sie hatte seinen Erfolg nicht miterleben können, schade.

Was war das? Die Schuppentür stand sperrangelweit offen. Heino luscherte vorsichtig in den dunklen Raum, konnte nichts erkennen, schloss die Tür und ging pfeifend zu seiner Frau. Dank Antibiotika ging es ihr schon viel besser.

„Hast du etwas im Schuppen gesucht?", fragte er seine Frau.

„Ja, unsere Nachbarn baten um eine Kiste".

Die Zeit verging. Weihnachten stand vor der Tür.
„Geh du allein in die Kirche, mein Lieber, ich warte hier auf die Kinder. Wer weiß wann sie eintrudeln, die Autobahnen sind voll." Wieder zuhause empfingen ihn die zwei Kinder und seine Frau irgendwie verschmitzt grinsend.
Um 20:00 Uhr nach dem Essen war Bescherung! Ein mannshoher Gegenstand verhangen mit einem Laken stand vor dem Tannenbaum.
„Tata", Mutter riss das Tuch weg. „Für dich, mein Liebster!"
Ein großer Ohrensessel.
„Das ist ja Großvaters gutes altes Stück von 1900. Wer hat den Sessel so toll aufgemöbelt? Ich könnte weinen vor Freude." Und schon schwang Heino sich in das gute Stück hinein. „Danke, danke, danke!"
„Damals, als du vom Theaterspielen kamst, hatte der Polsterer gerade das gute Monster aus dem Schuppen geholt. Gott sei Dank hast du nichts bemerkt."
Nach einer Weile der Freude stand Vater auf, grinste, ging auf die Terrasse und befahl: „Mutter, Augen zu." Er stellte vorsichtig einen ebenfalls mit einem Betttuch verhüllten Gegenstand auf den Boden. „Jetzt!"
Mutter zog das Tuch zur Seite und fing herzhaft an zu lachen. Da stand ihr uralter Cocktailsessel, hübsch im Biedermeier-Muster neu bezogen. Alle lachten. Vater und Mutter fielen sich in die Arme.
„Du hast nicht vergessen, dass ich den alten Sessel aus meiner Jugendzeit als Erinnerungsstück behalten wollte, schon immer eine Erneuerung vorhatte. Toll!"
„Ihr seid mir schon Früchtchen", stellte Tochter Gisela schmunzelnd fest.

Die Wette

Sabine Seipel ließ in der 3. Klasse gerade Weihnachtsgeschichten vorlesen, als der Direktor anklopfte und sogleich eintrat.
„Ach, Fräulein Seipel, Lesestunde?"
„Ja, Weihnachtsgeschichten aus aller Welt."
„Da kann ich Sie ja gut vertreten."

„Warum?"

Frau Seipel schaute hoch. Die Kinder hörten interessiert zu.

„Frau Seipel, Dr. Kunz hat angerufen, Sie möchten bitte gleich in die Sprechstunde kommen. Da ist in einer Familie etwas zu klären."

Verdutzt gehorchte Sabine, zog den Mantel an und ging forsch los.

Im Wartezimmer des Arztes waren fast alle Stühle besetzt. Dr. Kunz öffnete die Sprechzimmertür und rief: „Sabine Seipel bitte." Ein Räuspern, ein Hüsteln, sogar ein gequetschtes „Unerhört" ging durch den Raum. Alle Patienten schauten mürrisch drein.

Nach sage und schreibe 40 Minuten begleitete Dr. Kunz die junge Lehrerin aus seiner Tür, riss seine Sabine noch einmal zurück, gab ihr einen herzhaften Kuss und verkündete: „Das, diese junge Dame, ist meine ‚Weihnachtsbraut'."

Sabine errötete: „Herr Dr. Kunz hat mir gerade einen Heiratsantrag gemacht. ‚Nur hinter meinem Praxistisch bin ich mutig und entschlossen', hat er mir gestanden." Sie strahlte und lachte.

Der betagte Herr Grimm stand bedächtig auf: „Herzlichen Glückwunsch und Gottes Segen!"

Jetzt löste sich die Starrheit der Patienten. Alle gratulierten und freuten sich mit dem jungen Paar. Aber Erna Ebel schnappte sich derweil ihren Mantel und rannte los: „Das muss ich meiner Freundin erzählen, die sitzt beim Friseur. Ich komme morgen wieder."

„Der Nächste bitte", ruft Dr. Kunz.

Sabine erfuhr später vom Direktor, dass er selbst eine wichtige Nebenrolle in diesem Familienstück spielte, und außerdem eine Wette verlor: „Dr. Kunz schafft es nicht, sich mit Sabine Seipel noch vor Weihnachten zu verloben."

Erinnerungen

Ulla und Helmuth starteten in voller Erwartung zum Besuch ihrer Kinder. Die Nachbarn hatten sie zur S-Bahn nach Bergedorf gefahren. Alle Arbeiten zu Haus waren für die vier Tage Urlaub erledigt, die Geschenke für die Enkel liebevoll eingepackt. Doch der Zug nach Frankfurt fiel aus. Streik, keine Alternative. „Dann fahren wir eben wieder heim", resignierte Helmuth.

„Nein, lass uns die Koffer einschließen und Hamburg unsicher machen", schlug Ulla bestimmt und unwiderstehlich strahlend vor. „Weißt du noch, was wir damals vor 50 Jahren in Hamburg unternommen haben, mein lieber Helmuth? Wollen wir nicht den freien Tag so noch einmal erleben?"

Verliebt sah er seine Frau an: „Also los, tolle Idee. Ab in den Hamburger Hafen."

„Damals war aber nicht so viel los, und schau die Speisekarte an. Matjes-Teller 17,50 Euro. Ulla, wir haben uns damals eine Fischfrikadelle geteilt. Mehr konnten wir uns nicht leisten, weil die Hafenrundfahrt 9,00 DM gekostet hat."

Wie früher fassten sie sich an die Hand, lächelten sich an.

Da kam plötzlich ein junger Mann auf sie zu und rief: „Endlich habe ich dich gefunden, Papa. Schau, ich habe dein Bild."

„Helmuth", stöhnte Ulla, „was sagt der da?"

„Du bist doch mein Papa, aus Vierlanden, oder nicht?"

„Nein, aus Drage. Zeige mir das Bild. Das ist ja ganz neu."

„Klar, ich habe mich versprochen."

Ulla unterdrückte einen Ausruf, sah Helmuth an und schüttelte den Kopf: „Was ist mit unserem Ausflug? Bist du wirklich fremdgegangen?"

„Na ja, ganz kurz damals, aber ich wusste nichts von den Folgen."

Resolut schob Ulla den jungen Mann bei Seite, nahm Helmuths Hand: „Wir gehen!"

Da trat ein gepflegter Herr aus dem Lokal: „Kennen Sie die Sendung ‚Verstehen Sie Spaß'?"

Alle lachten. Ein kleiner Stachel blieb bei Ulla zurück. Was hat er gesagt: nur einmal ganz kurz? Na warte, ich war zu der Zeit auch nicht so ohne… also sind wir quitt.

Sie fuhren eigenartig berührt mit dem Linienschiff nach Lühe, buchten dort ohne jegliches Gepäck ein Zimmer. Ob sie wohl nach Hause gefunden haben, oder im Hotel mehrere Nächte geblieben sind? Erinnerungen haben es in sich!

Das Wunder

Es war Anfang Dezember. Die Elbe war zugefroren. Einen Weg über das Eis nach Schleswig-Holstein hatten verantwortungsbewusste Menschen mit Stöckern, Sand und Weiden markiert. Auch Stefan und sein 12-jähriger Sohn Ben stapften neugierig mit vielen anderen Leuten über die zugefrorene Elbe.

Plötzlich blieb Stefan stehen. Hatten sie gerade Onkel Josef überholt? Stefan drehte sich um, schaute zurück: „Onkel Josef?"

Nanu, merkwürdig, dachte Ben. Da fielen sich tatsächlich zwei Männer in die Arme. Sie redeten, sie lachten und weinten.

„Papa, das Eis schmilzt unter euren Füßen. Ich verstehe euch nicht. Sprecht ihr rumänisch oder ungarisch?"

„Junge, du erzählst zu Hause nichts von unserer Begegnung mit Onkel Josef. In vierzehn Tagen ist Weihnachten. Wir wollen Oma überraschen, ja? Bis dahin bleibt der Onkel, Omas Sohn, unser Geheimnis! O. k.? Sag auch Mama nichts."

Weihnachten, Heiligabend. „Stefan, du bist heute so nervös. Was ist los mit dir?" Besorgt schaute seine Mutter ihn an. Da klingelte es.

„Ben, mach die Tür auf!" Vater zwinkerte seinem Sohn zu. „Wer mag das jetzt sein?"

Stimmen. Die Tür ging auf. Oma fiel die Tasse aus der Hand, die sie gerade aufdecken wollte.

„Josef, mein Josef, du lebst?" Oma stand wie versteinert da.

„Ja, Mama, ich wohne in Lauenburg, ganz in eurer Nähe. Ich bin vor vier Jahren illegal aus Rumänien ausgereist, man wollte mich verhaften, aber ich hatte Freunde. Die rumänische Regierung hat mich offiziell für verstorben erklärt."

„Ich dachte du wärst tot." Jetzt löste Oma sich, fiel ihrem großen Sohn um den Hals und schluchzte.

„Ist heute nicht Weihnachten?" Tränen liefen ihr über das Gesicht. Sie nahm Onkel Josefs Gesicht in beide Hände und schaute ihrem Sohn voll Glück und Liebe in die Augen. In tiefer Dankbarkeit beteten sie zu Gott.

Später sangen sie gemeinsam aus voller Kehle „O du fröhliche". Es wurde eine lange Nacht.

Erreicht

„Die Kübel kippen wir um. Los, das schaffen wir." Mit Gegröle warfen die drei Burschen die Blumenkübel vor der Bank um.

Die Presse schrieb: „Gelangweilte, randalierende Jugendliche sind als Täter gesehen worden."

Angst beschlich Jan Peter. Per Handy erfragte er die derzeitige Einstellung seiner Kumpels. „Alles klar, hat doch Spaß gemacht."

Mittags, am Tisch sagte Jan Peters Mutter: „So dumm und gripslos können nur Menschen handeln, die nicht denken können."

Was tun? Mutig, sehr mutig löste sich Jan Peter von seinen Freunden. Am späten Abend stellte er die Blumenkübel wieder auf, füllte sogar die verschüttete Blumenerde dazu, die er im Schuppen gefunden hatte.

„Was machen wir heute?", mailten die Freunde.

„Kommt zu mir, wir spielen Monopoly."

Tatsächlich erschienen die beiden. „Was meinst du mit Monopoly? Wollen wir Häuser mit Farbe ansprühen oder sowas?"

„Oh, darf ich mitspielen? Ich benötige ein wenig Entspannung", kam mit dieser Frage Jans Vater herein. Ohne die Reaktion seiner Freunde abzuwarten, packte Jan das bereitgestellte Spiel auf den Tisch, verteilte die Chips und das Spielgeld, fragte ganz locker: „Wer fängt an?"

Klaus und Bernd sahen sich an. Was war das denn, sagten ihre Augen. Mürrisch dreinblickend setzten sie sich. Die Mutter servierte zwischendurch eine Spezi und stellte Kekse hin: „Damit euer Hirn Nervennahrung erhält, sonst werdet ihr noch so blöd wie die Randalierer kürzlich vor der Bank."

Es wurde ein fröhlicher Abend. Vater erzählte noch ein paar Geschichten aus seiner Jugend.

„Wollen wir uns nicht regelmäßig zum Spielen treffen?", schlug Klaus vor.

„Nächste Woche bei uns?"

„Freitag 18:00 Uhr, o. k.?"

Als die Freunde um Mitternacht gegangen waren, strahlte Jan: „Danke Papa, dass du die Idee hattest, du warst Klasse. Und dein Einwand, Mama, war nicht von schlechten Eltern."

Eines Tages, als die jungen Männer bereits im Beruf standen, besuchten Klaus und Bernd die Eltern von Jan Peter. Es war der dritte Advent.

„Wissen Sie noch damals, wir meinen das Monopoly-Spiel? Der Abend hat uns zur Vernunft gebracht. Als Dank – wenn auch ziemlich spät – möchten wir Ihnen einen Rosenstrauch für Ihren Garten überreichen."

Da lachte Vater: „Wisst ihr, dass Jan Peter und ich den Abend so geplant hatten?" Pause… dann lachten alle herzhaft los. Fröhliche Weihnachten!

Falscher Stolz

Die kleine Familie saß glücklich in ihrem kleinen Wohnzimmer und hörte Adventslieder. Die Sendung vom NDR bereitete dem Pärchen mit ihrem süßen Baby viel Freude.

„Willst du dich nicht mit deinen Eltern versöhnen?", fragte Nora ihren Mann.

Lutz richtete sich kerzengerade auf: „Nein, solange sie Dich nicht akzeptieren, sehe ich keinen Grund dazu."

„Aber du wolltest doch so gern den Hof übernehmen, du wolltest doch so gern Bauer sein, du wolltest doch so gern, dass deine Kinder auf dem Land aufwachsen. Ich merke doch wie traurig du bist."

„Nein!"

Da fasste Nora einen Entschluss. Sie schickte Lutz Eltern ein Bild des kleinen Jan und lud im Namen des Enkels die Großeltern zu Weihnachten ein, auch als Überraschung für Lutz.

Da Nora aber bis zu 23. Dezember keine Antwort erhielt, rechnete sie nicht mehr mit dem Besuch. Trotzdem, vielleicht gerade deshalb, schmückte sie ihr bescheidenes kleines Heim besonders liebevoll.

An Heiligabend, so gegen 19:00 Uhr, klingelte es. Lutz öffnete die Haustür. Seine Eltern standen da mit einem riesigen Weihnachtsstern im Arm.

„Was wollt ihr denn hier?", stotterte Lutz.

„Jan hat uns eingeladen. Unserem Enkel können wir doch unser Kommen nicht abschlagen."

Die warme Atmosphäre, die die Schwiegertochter verbreitete, löste den Knoten der Verbitterung bei Lutz' Eltern.

Seine Mutter legte als Erste los: „Es tut uns so leid, so borniert gewesen zu sein."

„Ja", schloss sich sein Vater an, „unser angelernter Bauernstolz hat uns blind gemacht. Verzeiht uns. Kommt zurück auf den Bauernhof. Unser Enkel soll doch auf dem Lande aufwachsen."

„Ist das euer Ernst, mit allen Konsequenzen?", fragte Lutz misstrauisch.

Da meldete sich krähend der kleine Jan.

„Alles, alles was du willst.", lächelte Jans Großmutter und strebte zum Stubenwagen hin. „Er sieht aus wie du, als du ein Baby warst. Darf ich ihn auf den Arm nehmen?"

Der Großvater des kleinen Jan lächelte stolz: „Ich bin so froh, so froh, heute hier sein zu dürfen. Danke für meinen Enkel. Verzeihe uns, Nora."

„Weihnachten hat was," strahlte Lutz, nahm seine Frau glücklich in den Arm. „Danke, Liebste!", hauchte er ihr ins Ohr.

Großeltern

Traurig saßen Erika und Klaus Simon beim Kaffeetrinken. Es war Heiligabend. „Gehen wir in die Kirche?" Stumm nickte Erika. Sie dachten beide voll Wehmut an ihren Enkel.

„Wie alt ist Sven eigentlich?"

„Am 15. Dezember ist er 17 Jahre alt geworden", erwiderte Erika sofort. Als Angelika und Manfred Simon sich trennten, zog die Schwiegertochter, die das alleinige Sorgerecht erhielt, mit unbekanntem Ziel fort. Das Jugendamt verbot dem Vater jeglichen Kontakt zu seinem Sohn. Die Großeltern bekamen keine Rechte, zumal das Paar nicht verheiratet war. Die Simons besaßen nur das eine Enkelkind.

Der Pastor predigte von Liebe und Geborgenheit, von Einsamkeit und von schrecklichen Kriegen in der Welt. Er rief alle Menschen auf, Frieden mit Gegnern zu schließen, auch im persönlichen Umfeld. Erst dann hat Weihnachten seinen Sinn erfüllt. Betrübt gingen die beiden Alten Hand in Hand langsam, Schritt für Schritt, nach Hause. Beide dachten an die fröhlichen Zeiten mit dem kleinen Sven.

Nanu, ein junger Mann stand vor der Tür, die Schirmmütze tief ins Gesicht gezogen.

„Darf ich reinkommen?", fragte der Fremde mit tiefer Stimme. Das Licht schaltete sich automatisch an. Erika schaute dem jungen Mann in die Augen.

„Sven", schrie sie, „Vater, Sven ist da, Sven, oh Sven."

Der Junge umarmte seine Oma. Sie weinte lautlos, Tränen rannen ihr über das Gesicht. Opa fummelte am Schlüsselbund herum, zittrig, unkontrolliert. Er konnte nichts sehen. Freudentränen verschleierten seine Augen.

„Komm rein." Ihr Junge war da, ihr kleiner Fratz.

„Es duftet nach Kaffee, wie früher. Bekomme ich auch einen?!"

Opa legte Sven die Hände auf die Schultern, sah ihm tief in die Augen: „Danke, danke, dass du gekommen bist, danke mien Jung." Er presste Sven fest an seine Brust.

Nun konnte Sven nicht mehr an sich halten: „Warum habt ihr meine Briefe nicht beantwortet? Warum habt ihr nicht angerufen? Ich habe euch doch meine Handynummer geschrieben? Mama arbeitet bei der Post und hat alle Briefe eingesteckt. Im Frühjahr mache ich mein Abi. Einen Lehrplatz habe ich schon, und zwar in Hamburg, bei einer Exportfirma. Kann ich dann bei euch wohnen? Für die Miete helfe ich euch im Garten."

Sven stand auf, drückte erst Oma, dann Opa. „Mein Gott, bin ich froh bei euch zu sein."

„Das ist Weihnachten!", sprach Opa feierlich und stimmte mit seiner tiefen Stimme „O du fröhliche" an.

Heiligabend

Eigentlich wollten sie sich nichts mehr schenken. „Wir kaufen uns Dinge nach eigenem Geschmack", waren sich die fünf Geschwister einig. Trotzdem empfanden alle das Bedürfnis, einander Freude zu bereiten. Das schien viel schwieriger zu sein, als Geschenke kaufen.

Angela, 19 Jahre alt, schrieb als Älteste an alle Geschwister: Ich möchte einen Familienchor gründen, belege schon Dirigentenkurse. Die Kurse sind mein Geschenk an euch.

Karin faltete einen Gutschein in Form eines Sternes. Der Gutschein lautete: Ich putze im Januar alle Schuhe.

Oliver malte für jeden ein fröhliches Bild, jeweils eine Schwester oder Bruder darauf, erkennbar an Schal, Mütze, Brille oder Ähnlichem.

Bert erklärte auf hübschen Postkarten: Ich verspreche feierlich, eure Fahrräder nicht mehr ungefragt auszuborgen.

Margret schrieb auf einen Pappschneemann: Ich übernehme die Bauaufsicht beim Bau des nächsten gemeinsamen Schneemannes.

Unabhängig voneinander hatten alle fünf Kinder den Eltern wunderschöne Dankesbriefe geschrieben. Etwa so als Resümee: Vielen Dank, liebe Eltern, für die fröhliche, strenge, korrekte, freie, glückliche Kindheit. Später, später werden wir für euch sorgen.

Schon fast wie ein Chor sang die Familie Weihnachtslieder. Sie lachten, sangen, plauderten, foppten sich, aßen, tranken und waren glücklich.

„Ein so harmonisches, gemütliches Weihnachten erlebten wir lange nicht", fasste Mutter zusammen. Vater nickte mit einem Kloß im Hals.

Die nicht mehr so kleinen Kinder klatschten und sangen, dirigiert von Angela, „Ihr Kinderlein kommet".

Helga

Sie hatten ihr Haus im Dorf verkauft und waren in die Stadt gezogen. Heinz konnte nicht mehr so gut sehen nach seinem leichten Schlaganfall. Deshalb verkauften Heinz und Helga auch ihr Auto, zumal sie in der Stadt keines benötigten. Die Kinder lebten in Frankfurt. Das alte Haus wollten sie nicht haben. Die Idee der Eltern in die Stadt zu ziehen, begrüßten sie sehr.
Jeden Tag spazierten die beiden in die Innenstadt oder lauschten im nahen Wäldchen dem Gezwitscher der Vögel. Sie unternahmen viele interessante, organisierte Busreisen und fühlten sich in ihrer kleinen gemütlichen Wohnung pudelwohl. Sie lebten glücklich zu zweit.

Doch dann starb Heinz plötzlich.
Helga stand neben sich, sie verkroch sich, sie verlor alle Kontakte.
„Im Alter muss man nicht einsam sein!", las sie. Ein Psychologe hielt im Gemeindehaus einen Vortrag. Helga nahm allen Mut zusammen und ging hin. „Aus der Einsamkeit muss man sich selbst herauswinden", lautete unterm Strich das Ergebnis. Nach einem langen Gespräch erhielt sie von dem Psychologen folgenden Rat: „Knüpfen Sie erneut Kontakt zu Ihrer alten Gymnastikgruppe auf dem Dorf. Vielleicht hilft Ihnen eine alte Bekannte dabei. Laden Sie alle Mitglieder der Gruppe von damals zu Kaffee und Kuchen in die Dorfgaststätte ein. Jetzt in der Adventzeit bietet sich ein Treffen an."

Helga setzte den Vorschlag mit Hilfe von ihrer alten Freundin Erika um. Achtzehn Leute nahmen freudig die Einladung an. Es war fast wie ein Klassentreffen. Helga bedankte sich und schlug vor, dass die Gruppe sich mindestens zweimal im Jahr zu einem gemütlichen Miteinander verabreden sollte.

Wenn sie heute im Dorf einer fröhlichen Seniorengruppe begegnen, dann könnte es Helgas „Weißt-du-noch-Truppe" sein. Übrigens erhielt der Psychologe, von allen Beteiligten unterschrieben, einen herzlichen Weihnachtsgruß.

Herr Krause

„Irgendwie tut mir der alte Griesgram leid. Er meckert mit den Nachbarn, mit den Kindern, über die Müllabfuhr, eigentlich über alles." Frau Heine, die neue Nachbarin von Herrn Krause, wollte dem nörgeligen Herrn trotzdem eine gute Nachbarin sein. „Wie fange ich das bloß an?"
Sie bemerkte, dass er seine Pflanzen vor der Haustür liebevoll pflegte.
„Können Sie mir einen Tipp geben? Meine Geranien bekommen gelbe Blätter und Ihre Pflanzen sehen so gesund und kräftig aus."
Der Bann war gebrochen. Herr Krause erzählte von seinem Haus in Pinneberg, von seiner verstorbenen Frau und von seinem Beruf als Gartenarchitekt. Herr Krause war einsam und verbittert.
„Bitte, begleiten Sie mich zur Mieterversammlung nächsten Montag", bat Frau Heine. „Wir brauchen Fachleute wie Sie, die den Blumenschmuck für das ganze Haus arrangieren."
Herr Krause kam.

Heute ist er ein gefragter Mann. Er pflanzt und pflegt sogar die Blumen am Kindergarten, ehrenamtlich natürlich. Neuerdings liebäugelt er mit der Feuerwehr. „Da sieht es so kahl aus", meint er schmunzelnd.
„Aufgaben beglücken im Alter", resümiert Herr Krause. Geld interessiert ihn schon lange nicht mehr. Die versammelten Mieter hören zu.
„Den Weihnachtsschmuck übernehme ich auch", lacht er, schaut dabei Frau Heine an, „Ihre Balkondekoration auch?"
„Niemand muss am Heiligen Abend allein sein. Man muss nur einfach Kontakte knüpfen. Ich weiß das aus Erfahrung", gibt Herr Krause seinen Kommentar in die Runde.
Na, wo feiert Herr Krause wohl Weihnachten?

Im Café

„Manchmal bin ich schon ganz durcheinander", flüsterte Angela ihrer Tante Helma zu. Sie hatten sich im Stadtcafé verabredet. Angela benötigt etwas Unterstützung, um den Alltag allein zu bewältigen.

„Heute habe ich meine Kontoauszüge geholt, und ich bin schon wieder mit 20 Euro auf der Minusseite. Mein Geld müsste eigentlich reichen, hat Mama mir erklärt und vorgerechnet, bevor sie starb."

„Bist du noch immer bei der alten Bank?", wollte Tante Helma wissen.

„Eigentlich bin ich zufrieden. Frau Erik, meine persönliche Beraterin, ist sehr nett zu mir."

Da kam ein älterer Herr vom Tisch nebenan zu den beiden.

„Darf ich mich setzen? Ich hörte gerade von Ihren Sorgen. Aus dem Gespräch entnahm ich, dass etwas mit Ihren Konten nicht stimmen kann. Übrigens, mein Name ist Hermann Clausen. Ich bin seit kurzem Pensionär, habe dreißig Jahre bei einer Bank gearbeitet. Bei Ihren Bankgeschäften würde ich Ihnen gerne behilflich sein. Kommen Sie doch morgen um 17:00 Uhr zu mir nach Hause und bringen bitte alle Bankunterlagen der letzten 3 Jahre mit. Damit keine falschen Gedanken aufkommen, gnädige Frau", nickte er Tante Helma zu, „begleiten Sie doch bitte Ihre Nichte."

Herr Clausen begrüßte freudig die beiden Damen. Es roch nach Kaffee. Das Kaminfeuer knackte.

„Bitte, setzen Sie sich. Ich wohne allein. Meine Frau ist vor zwei Jahren verstorben, meine Tochter lebt in Frankreich. Zeigen Sie mir bitte Ihre Unterlagen, während Sie sich dem Kaffee und Butterkuchen widmen."

Es dauerte keine Stunde, da seufzte Herr Clausen laut: „Das ist ja eine Frechheit. Sie haben zwei Verträge für die Riester-Rente abgeschlossen. Morgen begleite ich Sie zur Bank. Diese Dame knöpfen wir uns vor. Da ist einiges kriminell."

Herr Clausen erreichte, dass das Konto rückwirkend durchforstet wurde. Angela war richtig abgezockt worden. Frau Erik musste alle erschlichenen Gelder privat zurückzahlen, die Riester-Verträge stornieren und ihren Job verlor sie auch noch.

Angela freute sich: „In acht Tagen ist Weihnachten. Sie haben mir das schönste Geschenk bereitet, danke, danke."

Die Drei blieben in Verbindung. Herr Clausen und Tante Helma fanden Gefallen aneinander. Weihnachten feierten sie zu dritt und gemeinsam schmiedeten sie Zukunftspläne. Herr Clausen übernahm im nächsten Jahr ehrenamtliche Betreuungen für hilfsbedürftige Menschen und deckte schon bald allerlei Ungereimtheiten auf.

Kein Krimi

Elli war wie immer aufgeregt. Ihr großer Bruder Sven verbringt ein Jahr in Australien, als Austauschschüler, geskypt hatten sie schon.

Im Wohnzimmer stand der prächtige Tannenbaum. Vater hatte ihn gemeinsam mit Elli geschmückt. Jetzt lagen schon Päckchen, Pakete und einige Flaschen mit Getränken unterm Tannenbaum. Elli schielte immer dahin. Am liebsten würde sie schon anfangen zu feiern. Aber Mama war ein wenig krank.

„Ich schaue noch einmal zu Mama, machst du es uns inzwischen gemütlich, Elli?"

Das ließ Elli sich nicht zweimal sagen. Sie breitete die Wolldecke unter dem Tisch aus. Alle Kissen von den Sesseln und Sofa drapierte sie zu einer kuscheligen Höhle. Vater blieb nichts anderes übrig. Er quälte sich geräuschvoll unter den Esstisch.

„Gemütlich, nicht?", strahlte die kleine Tochter.

„Still! Kam da jemand über den Flur? Wir bleiben im Versteck", flüsterte Vater.

Zwei junge Männer traten leise ein. „Man, ist das hier gemütlich." Die beiden schauten sich um, nahmen die Päckchen in die Hand und taxierten lachend, was da wohl drin sei. Vater deutete Elli an, leise zur Tür zu kriechen. Vorsichtig schloss Vater die Stubentür von außen ab. Dann telefonierte er per Handy mit der Polizei.

Nach etwa einer halben Stunde trafen zwei Beamte ein. „Wo sind denn die Übeltäter?"

Vater öffnete die Tür und platzte erstaunt heraus: „Das gibt es doch gar nicht." Er fing an zu lachen.

Die Herren lagen in Ellis Höhle und schliefen.

„He, aufwachen!" Unsanft rüttelte ein Polizist die Schläfer wach.

„Wir wollten einmal sehen, wie andere Familien Weihnachten feiern. Die Haustür war nicht verschlossen. Hier war es so gemütlich, da haben wir uns einen Rotwein gegönnt und sind postwendend eingeschlafen", gaben sie kleinlaut zu.

„Ihr müsst doch nach Hause", meinte Vater, nachdem der Polizist die Personalien aufgenommen hatte.

„Was sollen wir da? Unsere Eltern zanken und streiten sich nur und einen Tannenbaum haben wir auch nicht, nur eine vermüllte Stube. Und, und hier ist es sooo gemütlich." Reumütig standen die beiden vielleicht Fünfzehnjährigen da.

„Ich ziehe meine Anzeige zurück. Was meinst du, Elli, sollen Horst und Ulli mit uns Weihnachten feiern?"

Es wurde ein wunderbarer Heiligabend. Mutter flüsterte ein wenig traurig: „Schade, dass Sven nicht hier ist."

Eine echte Freundschaft entstand an diesem Heiligabend 2003, die bis heute anhält.

Kinder

Kinder sind etwas Besonderes
Kinder sind ein großes Geschenk
Kinder wachsen ins eigene Leben
Kinder leben in uns weiter
Kinder zeigen, wer sie prägte
Kinder werden Eltern
Kinder leben eigenständig
Kinder lieben die Eltern
Kinder schützen die Eltern
Kinder vertrauen den Eltern
Kinder bleiben Kinder
Kinder denken an die Eltern
Kinder weinen um die Eltern
So sind Kinder

Kinder und Nachbarn

Sie prügelten sich, was bei den Freunden Sven und Alex selten vorkam. Sven war auch so empfindlich geworden. Er rief laut mit geringschätzend hochgezogener Stirn: „Und dein Vater hat einen Zopf wie ein Weib." „Und dein Vater ist ein Snob, ein neureicher Angeber", konterte Alex.

Da fing Sven plötzlich bitterlich zu weinen an. Sofort war Alex bei ihm, legte seinen Arm auf Svens Schulter und zog ihn runter auf den Grabenrand. „Bei uns zu Hause herrscht nur noch Streit seit unser neuer Nachbar in Müllers Haus gezogen ist. Mein Vater vergleicht seinen Besitz mit dem des neuen Nachbarn und will diesen noch übertrumpfen. Meine Mutter versucht ihm klarzumachen, dass wir keinen Sportwagen benötigen, dass wir unseren Rasen doch immer selbst gemäht haben und viele solcher Sachen." Er weinte.
Alex dachte nach.
„Sven, ich habe eine Idee, lass mich nur machen, komm mit."

Hand in Hand gingen die zwei Freunde los, klingelten bei dem neuen Nachbarn.
„Na, was kann ich für euch tun? Ihr wohnt doch rechts und links von uns. Kommt mit auf die Terrasse."
Ein wenig schüchtern folgten die beiden Elfjährigen dem netten Herrn Schwarz. Alex legte sofort los, nachdem Herr Schwarz für alle Limonade geholt hatte.
„Sie sind so reich und Svens Vater will das auch sein, aber er verdient nicht so viel und nun ist immer Streit und Krach in Svens Familie."
Sven nickte heftig. Tränen stiegen ihm wieder in die Augen.
Herr Schwarz stellte noch einige gezielte Fragen, dann lächelte er: „Das kriegen wir wieder hin. Ich hatte nur noch keine Zeit mit den Nachbarn zu reden. Was haltet ihr von einem Sommerfest in Müllers Garten? Helft ihr mir bei der Vorbereitung? Allerdings muss ich um Verschwiegenheit bitten, bis ich die Einladung zu euren Familien bringe, einverstanden? Handschlag!"

Es wurde ein fröhliches Gartenfest. Herr Schwarz klärte die Nachbarn auf, dass er Geschäftsführer einer größeren Firma sei, viel zu tun hat und deshalb seinen Garten vom Firmengärtner pflegen lässt. „Mein Sportwagen gehört auch der Firma, ich fahre damit Reklame, zu Kunden oder weite Strecken zu den Auslandsfilialen. Deshalb benötigt meine Frau einen privaten Mazda, um auch zur Arbeit nach Hamburg zu fahren."

Im Laufe des Festes beschlossen die Nachbarn alle miteinander auf dem Weihnachtsmarkt der Elbmarsch einen Stand aufzubauen. Was verkauft werden soll, ist noch geheim.

Sven und Alex verdrückten sich leise, um ihren Erfolg, Freundschaft unter Nachbarn gestiftet zu haben, zu genießen.

Lang ist es her

„Die Flucht von Westpreußen nach Niedersachsen vergesse ich nie, obwohl ich damals, 1945, erst 6 Jahre alt war."

Die verschiedensten Kulturen prallten aufeinander. Als Kind erlebte Gudrun diese Nachkriegszeit rein gefühlsmäßig. Sie verstand anfänglich kein plattdeutsch, doch dank der umsichtigen Eltern, der älteren Geschwister und der Lehrer kam sie gut zurecht. Sie fand Freunde. Doch die Eltern der neuen Freunde, kindlich unbedarften Freunde, ließen sehr genau erkennen, dass Gudrun hier eigentlich nicht hingehört. Das allerdings motivierte das Kind möglichst die Beste in der Klasse zu sein. Ihr Ansehen wuchs. „Wie geht es Flüchtlingskindern, die nicht so gut lernen können?" Darüber grübelte Gudrun oft nach.

Heute, beim Ansturm der Flüchtlinge, kann sie sich sehr gut in die Lage dieser Menschen versetzen. Dass die verschiedenen Religionen sich nicht freimütig tolerieren, begreift sie nicht. Was heißt denn eigentlich global? Warum überschatten Machtgelüste von Politikern, verschiedenen Religionsvertretern und einzelne geldgierige Menschen das friedvolle Miteinander? Warum bleibt die normale Menschlichkeit deshalb auf der Strecke? Darauf versucht Gudrun bis heute - 2020 - eine Antwort zu finden. Vielleicht bekommt sie Weihnachten eine tröstliche Aussage.

Lenas Weihnachtsgeschenk

„Einsteigen", rief Vater, „ich hole noch meinen Arbeitskittel, falls ich in St. Peter Ording noch Holz hacken muss." Die Heckklappe stand offen, während Mutter, Kay und Lena ihre Plätze im Auto einnahmen.

Familie Rathmann aus Marschacht feierte jedes Jahr Weihnachten im gemütlichen Ferienhaus von Oma. Seit Omas Tod vermieteten sie im Sommer einige Zimmer an Touristen. Vom 21. Dezember bis zum 3. Januar nutzte die Familie das Haus allerdings selbst.

In diesem Jahr hatte Lena keine Lust mitzufahren. Ein kleiner schwarzweißer Hund – sie nannte ihn heimlich Struppi – war ihr neulich nach der Schule hinterhergelaufen. Sie hatte ihn gestreichelt und im Garten Wasser und Mittagsreste hingestellt. Seitdem begleitete Struppi sie zur Schule, bellte freudig, wenn sie wieder nach Hause ging. Heimlich verpflegte Lena den Hund, legte besorgt eine alte Decke in den hinteren Kellereingang. Die Eltern ahnten nichts von der Freundschaft. Sie duldeten doch keine Haustiere. Lena trauerte vor sich hin.

In St. Peter angekommen, wollte Mutter als erstes die Nordsee begrüßen. Also parkte Vater das Auto auf einem öffentlichen Parkplatz und die Familie tapste los. Die See war relativ ruhig, Möwen flogen kreischend umher, ein leichter Wind ließ die letzten Blätter küseln.

„Seid mal still. Ich höre Struppi bellen, hört doch ...", ereiferte sich Lena.

„Wer ist Struppi?", fragten Vater und Mutter zugleich.

„Mein Freund, ein kleiner Hund, kommt schnell zum Auto!"

Gespannt liefen alle los. Da, zwei Männer machten sich an ihrem Auto zu schaffen. Einer der Männer schrie: „Hau ab, du blöder Köter!" Aber Struppi biss gerade noch einmal zu.

Inzwischen war Vater herangeschlichen, nahm den Mann beim Kragen, nickte Mutter zu: „Ruf die Polizei an."

Umsichtig hatte der kleine Kay bereits Hilfe geholt, den Verkäufer vom Kiosk. Dieser hielt den verdutzten anderen Mann fest, bis die Polizei kam. Die Polizisten nahmen die Diebe mit, notierten sich vorher Rathmanns Adresse.

Struppi scheuerte sich schuldbewusst an Lenas Bein und schaute erwartungsvoll zu ihr hoch als wollte er sagen: „Ich mochte nicht allein in

Marschacht bleiben. Deshalb bin ich einfach in den Kofferraum gesprungen."

„Darf ich Struppi behalten, bitte bitte", bettelte Lena.

Vater und Mutter sahen sich an. „Gut, schließlich hat er ja unsere Koffer und die Weihnachtsgeschenke, vielleicht sogar unser Auto, vor einem Diebstahl bewahrt."

Als sie am Abend in Omas Stube Weihnachtslieder sangen, kuschelte sich Struppi vor dem Kamin in die Arbeitsjacke von Vater und schlief sofort ein. Für Lena war der Hund das schönste Weihnachtsgeschenk. Kay sah traurig nach unten und murmelte: „Schade, dass Oma das alles nicht miterleben kann."

Vielleicht begegnen Marschachter Struppi mit Lena einmal auf der Straße, wer weiß?

Mein Opa

„Ohne meinen Opa will ich Weihnachten nicht feiern!", schrie Arne und stampfte mit dem Fuß auf. Karin schaute ihn traurig und ein wenig ratlos an. Eigentlich freute sie sich, dass ihr Vater eine Freundin gefunden hatte. Mutter war nun schon seit drei Jahren tot. Vater vermisste seine Liebste sehr, war einsam. Er hatte sich mit großer Hingabe seinem einzigen Enkel Arne zugewandt. Wie sollte ein Kind die Erwachsenen verstehen? Karin lief ihrem Kind nach.

„Wo ist Opa jetzt eigentlich?", fragte Arne trotzig.

„Bei Frau Hauser, einer sehr netten lieben Frau, die auch allein ist. Ihre Kinder leben in Kanada. Opa tröstet sie."

„Und wer tröstet mich?", reagierte Arne wütend, aggressiv. „Wo wohnt denn diese Frau Hauser?", wollte er nun wissen.

„In Bergedorf, Holtenklinker Straße 12, in der Nähe von Tante Marlis."

Arne drängte seine Mutter aus seinem Zimmer, schloss sich ein, suchte seine Spardose und fischte gekonnt einen 20-Euro-Schein heraus.

Er lauschte an der Tür. Alles war ruhig. Auf Zehenspitzen schlich er an der Küche vorbei, hörte gerade noch wie Vater sagte: „Lass ihm Zeit, lass ihn ein wenig allein." Dann huschte er aus der Haustür und rannte zur Bushaltestelle.

Der 431er hielt gerade, zum Glück. „Wo willst du hin?"

„Nach Bergedorf, Holtenklinker Straße 12, zu meinem Opa."

„Na, denn steige ein." Der nette Busfahrer zeigte Arne noch den Weg.

Frau Hauser stand auf der Klingel. Arno schellte. Eine freundliche Dame öffnete.

„Wer bist du denn?"

„Ich will zu meinem Opa", sagte Arne selbstbewusst, fast im Befehlston.

„Der Opa ist noch in der Stadt. Er wollte Freunde besuchen. Um sechs Uhr will er wieder hier sein."

„Ich warte!", entschied Arne prompt.

Frau Hauser merkte, dass Arne tief verletzt war. „Ich kenne dich gut. Du spielst Fußball in der D-Jugend und stehst im Tor. Du hältst die schärfsten Bälle."

Arne schaute auf.

„Du hast einen Freund Klaus, und dein Fahrrad ist oft so schmutzig, dass Opa es putzen muss, und dein graues Kaninchen heißt Mucki. In Mathe bist du ein Ass. Lesen ist nicht deine besondere Stärke."

„Dann hat Opa mich nicht vergessen?", seufzte Arne glücklich.

In dem Moment klingelte das Telefon. Karin schrie so laut ins Telefon, dass Arne es hören konnte.

„Ist Arne bei euch?"

„Ja, ja!"

„Moment bei mir klingelt es." Karin öffnete die Tür. „Papa, was machst du hier?"

„Kind, ich habe es nicht ausgehalten, ich musste Arne ein Geschenk bringen."

„Arne ist bei Frau Hauser, sie ist noch in der Leitung."

„Bitte", hauchte Opa, „kommt mit deinem Auto beide her, ja?"

Arne hatte alles mitgehört. Er jubelte. „Opa, Opa, danke Frau Hauser."

Karin legte noch schnell zwei Gedecke auf den Tisch.

Enkel sind doch die wichtigsten Menschen auf der Welt, oder?

Mut haben

„Onkel Walter, ich freue mich auf deinen Besuch." Monika legte nachdenklich den Hörer auf. Wie einfühlsam Onkel Walter doch ist. Er weiß, dass ich noch damit zu kämpfen habe, den Tod meines geliebten Mannes zu verkraften.

Die beiden saßen gemütlich beim Kaffeetrinken, als es klingelte. Ein für Monika kaum bekannter Mann stand mit einem Blumenstrauß vor der Tür. „Darf ich reinkommen?" Onkel Walter betrachtet mit Schmunzeln den Blumenboten, ein sympathischer Mann so im Alter seiner Gastgeberin. Nach einiger Zeit und nettem Smalltalk erkannte Onkel Walter, dass sich gerade ein wichtiges Ereignis entwickelte, verabschiedete sich mit den Worten: „Alles Gute für die Zukunft, viel Glück."

Monika, völlig überrascht, wusste gar nicht mehr, was da eigentlich passierte. Sie fragte irritiert, aufgeregt aber auch ein klein wenig freudig: „Was willst du eigentlich hier, Hermann?"

„Ganz ehrlich, bist du zeitweise einsam?" Er wartete keine Antwort ab. „Auch ich bin einsam. Sollten wir nicht versuchen, der Einsamkeit gemeinsam zu entfliehen?"

Für Monika und Hermann haben sich neue Zukunftsgedanken aufgetan. Diese Gedanken haben wirklich nichts mit Erben oder Kapitalverschiebungen zu tun: „Wir wollen unsere traurigen Zeiten beenden." Mathematisch erklärt: Minus mal Minus gibt Plus. Weihnachten steht vor der Tür.

Nachbarn

„Irgendetwas stimmt mit Frau Wolle nicht. Mein Mann meint, die empfängt des Öfteren junge, zum Teil dunkelhäutige Männer." Die Freundinnen saßen beim Kaffee in Helgas Wohnung. Seit der Schulzeit waren die Damen eng befreundet. Alle Probleme, Freuden und Sorgen besprachen sie gemeinsam. Sie konnten sich aufeinander verlassen. Inzwischen waren sie siebzig Jahre alt.

„Wenn das so ein Thema in eurem großen Mietshaus ist, laden wir doch Frau Wolle zu unserem Kaffeenachmittag ein", warf Gisela spontan in die Runde. „Gute Idee, im Dezember bin ich dran, ich lade sie ein."

Frau Wolle freute sich sehr. Sie wohnte fast zwei Jahre in dem Mietshaus und hatte noch wenig Kontakt gefunden. Nachdem der Kaffee und die Mokkatorte gemundet hatten, fragte Marlen ganz sachlich: „Frau Wolle, im Haus wird spekuliert, warum Sie so viel Besuch von oft ausländisch aussehenden Menschen, besonders von jungen Männern, haben."

„Ich dachte, ich arbeite sehr geheim, woher wissen Sie das?", lächelte Frau Wolle. „Ich habe alle Adressen von Familien aus Afghanistan, sowie alle Adressen von den Asylsuchenden. Ich halte den Kontakt zu den jeweiligen Familien aufrecht. Es gibt so viel menschenverachtende Verhältnisse, selbst große Organisationen bekommen oft keine Auskünfte."

Die drei Damen atmeten auf. „Können wir Ihnen irgendwie helfen?"

„Ja, sprechen Sie die Menschen an, vermitteln Sie ihnen, dass Sie Verständnis für deren Lage haben."

„Ich habe eine Idee", strahlte Gisela, „feiern wir doch mit allen Mietern aus dem großen Haus Advent."

„Wie soll das gehen?"

„Ich werde ein Festkomitee zusammenstellen - per Rundschreiben. Ich melde mich, meine Damen", so Frau Wolle.

Ein buntes Sprach- und Völkergemisch wuchs langsam zu einer fröhlichen Gesellschaft zusammen. Sie feierten in der großen Eingangshalle, die eigentlich für Ausstellungen vorgesehen war. Frau Wolle wünschte sich, dass jede Volksgruppe ein Lied aus der Heimat vortragen möge.

„Könnten wir am Heiligen Abend nicht eine typisch deutsche Weihnacht zelebrieren?", schlug jemand aus der Runde vor. Ein spontan gefundenes Team übernahm die Planung. Der Respekt füreinander wuchs, sogar Freundschaften von Jugendlichen entwickelten sich.

Am Heiligen Abend erschienen die Bewohner, festlich gekleidet. Vater Mohrmann las die Weihnachtsgeschichte und alle sangen im Chor „O du fröhliche". Die Gesellschaft saß noch lange in gemütlicher Runde mit Gebäck, Punsch und Wein oder Saft zusammen. Zögernd gesellten sich bald die anfänglichen Skeptiker dazu. Frau Wolle freute sich sehr über das harmonische Miteinander, einfach toll.

Freunde

Freunde	ich habe sie
Freunde	begleiten mich
Freunde	streicheln mich
Freunde	trösten mich
Freunde	bauen mich auf
Freunde	geben mir Kraft
Freunde	hören mir zu
Freunde	machen mir Mut
Freunde	geben mir Rat
Freunde	versprechen mir Hilfe
	Hilfe beim Bewältigen der Sorgen
	Hilfe nicht einsam zu werden
	Hilfe durch Liebe
Freunde	reden nicht per E-Mail oder Fax
Freunde	sind einfach da.

Emma

Die neue Arbeit zwang Monika in die Stadt zu ziehen. Für ihre kleine Tochter hatte sie sogar einen Platz in der Ganztagsschule bekommen. Nach der Scheidung benötigte sie einen Fulltime-Job. Die Schwägerin Carla hatte ihr eine Wohnung im 2. Stock in ihrem Mietshaus in Bergedorf besorgt. Die kleine Bleibe lag ein Stockwerk unter Carlas Wohnung.
„Emma, lade doch Tante Carla zum Kaffee ein. Du weißt doch mit dem Fahrstuhl inzwischen Bescheid? Also im Fahrstuhl auf 3 drücken, an der Tür steht Carlas Name."
Emma klingelte bei Tante Carla. Keine Reaktion. „Fahrstuhlfahren macht Laune, ich fahre einfach nach oben", dachte Emma. Im 5. Stock stieg sie aus,

schaute sich um. Rief da nicht jemand um Hilfe? Emma folgte der Stimme. Die Tür war angelehnt. Emma trat ein.

„Was hast du?"

„Ich bin gestürzt, habe es nur noch auf das Sofa geschafft. Ich glaube, mein Bein ist gebrochen. Bitte hole mir ein Glas Wasser, ich verdurste. Links die Tür führt in die Küche."

Emma fand ein Glas und den Wasserhahn, musste sich auf Zehenspitzen stellen, um den Hahn zu erreichen. Hastig schlürfte Herr Klein das Wasser hinunter.

„Gib mir bitte das Telefon, dort links auf dem Schreibtisch liegt es."

Aufgeregt erledigte Emma alles, was ihr der Verletzte zu tun aufgab. Als Herr Klein telefoniert hatte, bat er Emma: „Machst du mit bitte eine Suppe warm? Die Suppe steht auf dem Herd. Du musst auf drei schalten, das ist die rechte Platte."

Emma betüdelte jetzt ihren Patienten so wie Mama es mit ihr tat, wenn sie krank war.

„Mama, oh je, sie wartet auf Tante Carla und mich. Ich muss jetzt gehen, Mama wartet." Emma hatte vor Eifer überhaupt nicht gemerkt, dass sie schon fast eine Stunde bei Herrn Klein war.

Inzwischen hatte Monika eine Suche nach ihrer kleinen Tochter gestartet. Niemand war ihr begegnet. Tante Carla, inzwischen eingetrudelt, teilte Monikas große Angst. Die Polizei wurde gerufen, nachdem der Fahrstuhl gründlichst untersucht worden war.

„Wie heißt du kleine fleißige Biene? Wo wohnst du?"

„Ich heiße Emma Meisel, bin 7 Jahre alt und wohne bei Mama, erste Etage, unter Tante Carla", schoss es aus Emma heraus. Herr Klein rief seine Bekannte Carla Menk an, keine Resonanz. Kurz darauf klärten sich die Ereignisse auf.

Herr Klein wurde ärztlich versorgt, Tante Carla freute sich auf die Torte, obwohl die Kaffeezeit eigentlich vorbei war und Mama nahm ihre Kleine glücklich in die Arme.

Herr Klein gab diese Episode mit der cleveren Emma an die Presse. Monika war stolz auf ihre umsichtige Tochter, obwohl die Angst und Sorge „Emmi als Großstadtmensch" sogar verstärkt wurde.

Herr Klein und Emmi wurden gute Freunde. Als Rentner half er Emmi bei den Schulaufgaben und passte auf das Kind auf, wenn Mama nicht da war. Emmi ist heute erwachsen, aber Opa Klein steht ganz oben auf ihrer Besucherliste. Vielleicht Weihnachten, wie immer?

Niklas

Die Weihnachtsfeier in der Schützenhalle war vorbei. Gisela Wieckhorst hatte wieder allen viel Freude bereitet. Elisabeth wollte die schönen Stunden noch nachklingen lassen, deshalb ging sie als letzter Gast allein zu Fuß nach Haus. Sie hatte noch nicht ganz die Elbuferstraße erreicht, da raste ein rotes Auto an ihr vorbei in Richtung Straße. Elisabeth strauchelte, stürzte. „Was war das?"

Mit aller Kraft rutschte sie zum nächsten Baum und lehnte sich mit dem Rücken an die gute alte Eiche.

Da kam ein Radfahrer, ein großer Junge stieg ab: „Ist was passiert?"

„Ich weiß nicht. So ein verrückter Autofahrer hat mich gestreift und ich bin gestürzt."

„Kommen Sie, ich helfe Ihnen, ich bringe Sie nach Hause. Ich kenne Sie, ich weiß, wo Sie wohnen."

Elisabeth ließ sich hochziehen, hakte sich bei dem Jungen unter, während er mit der linken Hand sein Fahrrad schob.

„Das ist doch der Rowdy, der bekannte aggressive Schüler, der immer auf der Straße rumlungert", dachte sie.

„Du bist so freundlich, ich danke dir, gut, dass es dich gibt."

Niklas stutzte, flüsterte: „Das hat noch niemand zu mir gesagt, ich bin nur im Wege."

Elisabeth schloss derweil die Tür auf und bat Niklas mit hereinzukommen.

„Gut, dass es dich gibt", wiederholte sie. „Es ist schon 22.00 Uhr, musst du nicht nach Hause?"

„Was soll ich da, Vater ist betrunken, Mutter zankt mit ihm, nichts ist aufgeräumt. Bei Ihnen ist es so gemütlich. Mich vermisst niemand."

„Hast du keine Großeltern?"

„Doch, eine Oma in Berlin, aber die kommt nicht mehr in unser Streithaus."

Elisabeth knipste die Stehlampe an, löschte das große Licht, holte Streich-hölzer und zündete zwei Kerzen des Adventkranzes an. Plötzlich fing die-ser große Junge an bitterlich zu weinen, legte seinen Kopf auf den Tisch und schluchzte herzergreifend. Elisabeth ließ ihn weinen, ging leise in die Küche, bereitete einen Tee und stellte Kekse auf den Tisch. „So, lieber Ni-klas, nun erzähle mir von deinen Sorgen."

Niklas, der freche, aufmüpfige Junge, schaute todernst. Ein einsames, un-geliebtes Kind.

„Du kannst mich jeden Tag besuchen. Ich bin allein. Ich helfe dir bei den Schularbeiten, damit du einen ordentlichen Schulabschluss bekommst."
Misstrauisch schaute Niklas hoch: „Echt? In 10 Tagen ist Weihnachten, ich habe Angst davor."

„Hast du die Telefonnummer deiner Großmutter?"

„Ja, im Kopf."

„Wir rufen jetzt sofort an, ein Notfall, oder?"

Die Oma war noch wach. Elisabeth schilderte die Situation und fragte di-rekt: „Kann der Junge Weihnachten zu Ihnen kommen? Ich schenke ihm die Fahrkarte."

Niklas schluckte, strahlte, dann: „Danke, danke Frau Meyer."

Frau Meyer und Niklas sind bis heute gute Freunde geblieben. Den Schul-abschluss absolvierte er mit einer glatten zwei als Durchschnittsnote. Heute ist er Abteilungsleiter einer Exportfirma, zuständig für das gesamte Firmenpersonal, aufgrund seines sensiblen Verständnisses für Menschen.

Omi

„Omi, da will ich auch hoch. Kommst du mit?" Staunend standen die beiden vor dem Kran, der einen viereckigen Kasten hochhievte, jeweils drei Per-sonen standen auf der Plattform. Die Attraktion des Weihnachtsmarktes 2015 in Marschacht. Die kleine zehnjährige Uta und Oma Betty ließen sich anschnallen, langsam fuhren sie gen Himmel.

„Schau, da ist der Weihnachtsmann und da schlendern Tante Renate und Onkel Hans über den Markt", jauchzte Uta begeistert. „Herrlich, herrlich."

Omi Betty musste unwillkürlich an das Weihnachtsfest ihrer Kindheit denken. Sie holte tief Luft und seufzte leise vor sich hin. Sie verlor sich in Gedanken, schweifte ab.

Mutter rief: „Reinkommen." Der große Baum mit den vielen brennenden Kerzen erhellte den Raum. Vater saß am Klavier und spielte „Ihr Kinderlein kommet". Andächtig betraten meine zwei Schwestern, mein Bruder und ich das Weihnachtszimmer. Auf Vaters Wunsch spielte Carola Geige, ein wenig falsch, aber es störte niemanden. Maggi stimmte mit der Flöte ein und wir sangen alle Weihnachtslieder mit, manchmal zweistimmig.
„Ist das feierlich", grinste unser beliebtes Kindermädchen. Da lachten alle und Mutter zog ganz langsam, extrem langsam, das Laken von den Geschenken.

Die Lichter der Buden und der mit Kerzen beleuchtete Weg zur Kirche wirkten romantisch. Oma Betty liefen Tränen über die Wangen. Sie schluckte leise. „Warum weinst du, Omi?"
„Iwo das ist der Wind hier oben, dann tränen meine Augen leicht."
Langsam schleuste der nette Mann die beiden wieder runter.
„Ehrlich, Omi, warum hast du geweint?"
„Lass` uns in die Kirche gehen."
Da fing Omi zu erzählen an, wie schön es damals in Ostpreußen war: „Doch dann mussten wir flüchten. Der zweite Weltkrieg brachte die Erde völlig durcheinander. Meine Eltern weinten und weinten, schrien sich an, nahmen sich wieder in die Arme, hefteten uns Kindern Name und Adresse in unsere Jacken, schlossen alle Schrank- und Haustüren ab, weinten, weinten. Ich, meine Kleine, begriff das alles nicht richtig, niemand erklärte uns Kindern die Situation. Jeder war wohl mit sich beschäftigt.
Dann fuhren wir mit einem vollgepackten Planwagen, gezogen von zwei dicken Pferden, los. Unsere alten Nachbarn und unser Kindermädchen saßen ebenfalls auf dem Wagen.
Eine schlimme Zeit in Kälte, Hunger und Durst und großem Heimweh lag vor uns."
Die kleine Ute saß mucksmäuschenstill auf der Kirchenbank und hörte gespannt zu. „Omi, hast du damals auch geweint?"
„Eigentlich nur, als ich tote Pferde im Schnee am Straßenrand liegen sah, dann war ich so traurig."

„Omi, wann bist du denn nach Marschacht gekommen?"

„1945. Ach Kind, das war eine schwierige Zeit, besonders für meine Eltern. Die Leute hier im ganzen norddeutschen Raum wurden verpflichtet, Räume für die Flüchtlinge in ihren Häusern zur Verfügung zu stellen, was natürlich die Menschen hier nicht erfreute.

Wir hatten alles auf der Flucht verloren, hatten kein Geld, keine Papiere, keine Zukunft, aber Heimweh. Viel Freundlichkeit haben wir nicht von den sogenannten Einheimischen erfahren. Das habe ich als Kind stark empfunden. So, nun weißt du, warum ich geweint habe."

„Omi, wenn wir Flüchtlinge aufnehmen müssen, will ich ganz nett zu ihnen sein."

„Schön", Omi nahm ihre kleine Uta in den Arm. „Komm, wir gehen eine Suppe essen."

„Omi?"

„Ja?"

„Omi, ich hab´ Dich lieb."

Pech gehabt

Kurz vor Leipzig hatte es einen großen Unfall gegeben. Stunden verbrachte Heinz in seinem LKW. Erschöpft ruhte er sich auf einem Parkplatz aus. „Jetzt wäre ich eigentlich schon in Geesthacht. Was soll`s, Berufsrisiko, auch am Heiligen Abend. Ob ich nun hier Musik höre oder in Mutters leerer Wohnung…"

Seine Mutter war im Frühjahr plötzlich verstorben. „Na ja, im Alter von 92 Jahren musste man schon einmal damit rechnen. Sie hat nicht lange leiden müssen nach ihrem Sturz von der Treppe."

Er kochte sich noch einen Tee, legte die Beine auf das Lenkrad und verlor sich in Gedanken, in Erinnerungen an seine Kindheit.

Seine Eltern lebten bescheiden. Heinz schmunzelte vor sich hin. Das war toll, als er Weihnachten Schlittschuhe bekam. Seine Schwester hatte ihre neue Babypuppe samt Puppenwagen mit ins Bett genommen. Er bekam tatsächlich Heimweh nach zu Haus, dem zu Hause von damals.

Ein barsches, aber auch vorsichtiges Klopfen an seiner Tür schreckte ihn hoch. Ein von Angst geprägtes Gesicht flüsterte aufgeregt: „Ich schnell einsteigen!"

Heinz reagierte, öffnete die Beifahrertür. Das Mädchen schmiss sich auf den Beifahrersitz, kauerte sich am Fußende nieder, zog Heinz auf dem Sitz liegende Jacke über sich und wimmerte leise.

Heinz kapierte, setzte sich so bequem wie vorher hin, hörte Musik und schloss die Augen.

Da klopfte es auch schon an seiner Tür. „Hast du eine Frau gesehen, lange schwarze Haare, blaue Jacke und ca. ein Meter sechzig groß?"

„Nein, warum suchst du sie?"

„Sie ist weggelaufen, weg von der Arbeit, unverschämt frech."

„Ich rufe dich an, wenn ich sie treffe, gib mir deine Karte."

Der elegante, fremde Mann reichte Heinz die Karte und lief zum nächsten LKW. Heinz packte bewusst langsam seine Sachen ein und fuhr los. Nach einigen Kilometern auf der Autobahn nestelte sich das Mädchen hoch.

„Die großen, Angst ausstrahlenden Augen werde ich nie vergessen", dachte er. „Möchtest du trinken?"

Hastig schlürfte das Kind den warmen Kaffee herunter. Dann schlief sie, zusammengerollt und mit Heinz Jacke zugedeckt auf dem Beifahrersitz erschöpft ein. Heinz fuhr und fuhr. „Was soll ich machen? Es ist Heiligabend."

Kurz vor der nächsten Abfahrt sah er eine Kirche. Er steuerte direkt darauf zu. Im Haus neben der Kirche brannte Licht. Durch die Scheiben erkannte er Kerzenschein. Er klingelte. Ein freundlicher Herr öffnete. „Bitte, helfen Sie mir!", stieß Heinz stammelnd hervor. Dann erzählte er sein Erlebnis.

Der Pastor rief seine Frau. Vorsichtig weckten sie die Ausreißerin. „Heute Abend feiern wir mit einsamen Menschen im Pfarrsaal Heiligabend. Sie sind herzlich eingeladen."

Nach der freundlichen, aber auch neugierigen Aufnahme in die Gruppe sangen alle gemeinsam Weihnachtslieder. Inzwischen hatte Frau Holz, ein Gast, einen Dolmetscher besorgt. Das Mädchen stammte aus Rumänien und sollte zur Prostitution gezwungen werden. Frau Holz nahm Irinia, die sich etwas beruhigt hatte, mit nach Hause und versprach, bis alles geregelt sei, sich um das verstörte Geschöpf zu kümmern.

„Ach ja, ich habe ja noch die Visitenkarte des feinen Herrn", fiel Heinz ein.

„Das nehme ich in die Hand", bestimmte der Pastor. „Ihre Adresse benötige ich noch."

Heinz schlief nach all dem merkwürdigen Geschehen in seinem LKW sofort ein.

Weihnachten? Heinz beschloss zu seiner Schwester nach Tespe zu fahren. Sie hatte ihn doch eingeladen.

Pech und Glück

Frieda Steffen hatte ihr Häuschen blitzsauber geputzt. Der Kartoffelsalat stand fein dekoriert auf dem Tisch. Im Kühlschrank lagen vier Würstchen, zwei für den kleinen Terrier namens Floh und zwei für sich selbst. Seit zehn Jahren wohnte sie allein mit ihrem Hündchen.
„Heute ist Heiligabend, ich gehe wie immer in die Kirche", sprach sie vor sich hin. Floh streifte um ihre Beine, schnappte nach ihrem Mantelsaum, schaute sie an und jaulte bettelnd. „Na gut, dann komm halt mit." Frieda Steffen holte die kleine Hundetasche und schwupp sprang Floh hinein.

In der Kirche fand Frieda einen günstigen Platz. Niemand entdeckte den Hund. Da brauste die Orgel los. Floh schoss aus der Tasche heraus, flitzte rasant in Richtung Tannenbaum, bellte diesen vor Angst an. Dann raste er hinter den Baum, jaulte jämmerlich. Der Baum wackelte leicht und bewegte sich nach vorn. Die Lichterketten gingen aus. Tante Frieda sprang vom Sitz hoch, lief nach vorne und bettelte: „Flohli, wo bist du Flohli…?"
Die Besucher beobachteten schmunzelnd das Ereignis. Es wurde mucksmäuschenstill in der Kirche. Da taumelte Floh hervor, zog ein langes Kabel mit sich. Peng, machte es und alle anderen elektrischen Lampen erloschen. Kurzschluss.
Tante Frieda sah die Menschen nicht. Sie befreite Floh von der Last, nahm ihn auf den Arm und murmelte: „Wie er zittert…"
Die rührige Küsterin besorgte inzwischen viele Kerzen, stellte diese auf den Altar und um die Krippe und zündete sie an. Der Organist spielte leise „Ihr Kinderlein kommet". Es war mit einem Mal so feierlich, einige Besucher sangen verhalten mit. Der Pastor las die Weihnachtsgeschichte und sagte zum Abschluss: „So ein kleiner Floh muss uns erst zur Besinnung bringen. Ist die Kirche nur mit Kerzenlicht erhellt nicht viel gemütlicher?"

Alle klatschten. Seitdem feiert die Gemeinde wieder Weihnachten bei fla-ckerndem Kerzenschein.

Der Hundefloh, wie Friedas Liebling später zärtlich benannt wurde, blieb bis heute der Star im Ort.

Sachen gibt`s

Ich sitze in der letzten Reihe in der Kirche. Die Trauerfeier für eine alte Dame sollte gleich beginnen. Es herrscht wie üblich in so einer Situation Totenstille. Da plötzlich piepte es ganz laut. Vor mir sitzt zwischen zwei Damen der Herr Pilger, ein mir gut bekannter alter Herr. Ich tippe ihm auf die Schulter: „Du, dein Hörgerät piept." Sofort greift Herr Pilger zum Ohr, und das Hörgerät fällt runter. Der alte Herr bückt sich und sucht aufgeregt nach seinem kleinen kostbaren Stück. Unruhe tritt ein. Alle Menschen um ihn herum beteiligen sich an der Suche, stehen auf, treten an die Seite, fra-gen nach der Größe des Gerätes.
Der Pastor kommt. Die Trauergäste setzen sich wieder. Aber auch nach der Predigt findet niemand das gute Stück. Herr Pilger wird in Kürze den Fach-handel aufsuchen müssen.

Die Zeit vergeht. Es ist Weihnachten. Neben mir in der Kirche sitzt Frau Krause. Die Glocken läuten. Danach herrscht erwartungsvolle Stille in der liebevoll geschmückten Kirche. Frau Krause klappt die Handtasche auf, um die Brille zu entnehmen.
„Es piept", ruft ein kleiner Junge durch den Raum.
Die Mutter zischelt empört: „Sei still, Karlchen."
„Aber höre doch, es piept wie bei Oma."
Tatsächlich, alle hören das Piepen und drehen sich zu uns um. Das Ge-räusch scheint aus Frau Krauses Handtasche zu kommen. Sie schaut un-wirsch in die Runde.
„Haben Sie während der Beerdigung neulich neben Herrn Pilger geses-sen?", frage ich leise, muss schon dabei schmunzeln.

„Ja, aber...", stutzt sie, begreift und lacht lauthals los. „Das verschwundene Hörgerät von Herrn Pilger ist in meine Handtasche gefallen, die hing damals auch so aufgeklappt am Haken. Das bringe ich ihm heute noch hin, schön eingepackt als Weihnachtsgeschenk."

Ein Lachen und Schmunzeln erfüllt den Raum. Die Orgel beginnt zu spielen. Ob Herr Pilger sich wohl gefreut hat?

Sehnsucht

„Bis nach Weihnachten. Bekommt ihr auch Besuch?"

„Nee, meine Eltern wollen mit dem Firlefanz nichts zu tun haben. Wir fliegen nach Teneriffa."

„Hast du Lust dazu? Habt ihr dort einen Tannenbaum? Geht ihr in die Kirche?" „Nö, ist sowieso alles blöd, nur albernes Gerede an der Bar, langweilig."

„Dann bleib doch bei uns. Meine Tante, meine Oma und mein Opa kommen auch. Eine Person mehr spielt keine Rolle, ich frage Mama."

So unterhielten sich Jörg und Andreas. Es war ein Tag vor Heiligabend.

Bei Andreas zu Hause rief Mutter: „Hast du deine Sachen gepackt, Andreas? Morgen früh um drei Uhr starten wir von Hamburg. Vergiss deine Badelatschen nicht wie letztes Mal."

„Ich bleibe hier, ich fliege nicht mit. Ich will Weihnachten feiern. Jörg hat mich eingeladen."

Mutter schimpfte: „Was fällt dir denn ein? Deinetwegen lassen wir uns die Reise etwas kosten. Du kommst mit!"

„Nein!" Andreas riss die Haustür auf und rannte davon. Am Achterdeich, in der Feldmark, hatten die beiden Jungen sich ein Baumhaus gebaut. Er verkroch sich, schmollte und weinte.

„Der besinnt sich", dachte die Mutter. Als Andreas aber um 19.00 Uhr noch nicht im Hause war, rief sie die Eltern von Jörg an. Dort war er auch nicht aufgetaucht. Jörgs Eltern bestätigten aber die Einladung für Andreas. Allerdings hatte Jörg ein wenig geschwindelt, dass Andreas Eltern keinen Platz für ihren Sohn im Flugzeug bekommen hätten, oder so ähnlich.

In sechs Stunden sollte ihr Flug starten. Alle Möglichkeiten Andreas zu finden waren ausgeschöpft. Allmählich, ganz allmählich, begann die Mutter nachzudenken: Warum läuft unser Sohn fort?

Der Vater war abgehetzt aus der Firma gekommen, hatte schnell geduscht, noch einen warmen Pullover in den Koffer gedrückt und fragte nach Andreas. „Er ist weg!"

„Was heißt er ist weg? Wir wollen um 3 Uhr fliegen, ein Stündchen wollte ich schon noch schlafen."

Aufgeregt schreit Mutter: „Ich rufe jetzt die Polizei."

„Frage doch noch einmal bei Jörg nach."

„Vielleicht ist er in unserem Baumhaus, habe ich mir überlegt. Da haben wir immer alles besprochen", flüstert Jorg ins Telefon.

Sie fanden den Jungen schlafend mit seinem Teddy im Arm. Der Flugtermin war geplatzt. Nachdenklich, ein wenig hilflos gerührt, drückten die Eltern ihren Sohn fest an sich.

„Feiern Sie doch mit uns Heiligabend, Weihnachten. Ihr Sohn war ja schon eingeladen. Wir haben gerne Gäste", schlug Jörgs Mutter freundlich bestimmt vor.

Zum ersten Mal in seinem 12-jährigen Leben erlebte Andreas mit seinen Eltern ein fröhliches, harmonisches Weihnachtsfest. Zum ersten Mal im Leben nahmen die Eltern ihren Sohn Andreas mit all seinen Gefühlen wahr. Zum ersten Mal hatte Andreas nicht funktioniert.

Andreas strahlte: „Danke Jörg, ich danke euch allen."

Spätes Glück

Irma fühlte sich einsam, verlassen. Vor einiger Zeit war sie in die Seniorenanlage der kleinen Stadt gezogen, auch um in der Nähe der Tochter zu sein. Außerdem schaffte sie es nicht mehr, Haus und Garten allein zu versorgen. Fast automatisch brühte sie sich einen Kaffee auf, holte die Schale mit Keksen. „Ich sollte nicht Trübsal blasen, ich habe doch alles, um zufrieden zu sein. Nein, ich will mich nicht bemitleiden!", sagte sie ganz laut zu sich selbst und erschrak vor der eigenen Stimme. „Also, Irma, gehe eine Runde spazieren", befahl sie sich.

Es wurde schon dunkel. Der Weg zum Zentrum der Stadt war beleuchtet. Wenige Menschen waren unterwegs. „Morgen ist erster Advent, vielleicht sollte ich in die Kirche gehen", sinnierte Irma. „Oh, da kommt mir der nette Herr aus der zweiten Etage entgegen", freute sie sich.

Dieser strahlte sie von Weitem an, breitete beide Arme aus, und Irma lief schnurstracks auf ihn zu, ließ sich einfach einfangen. Erschrocken, aber auch verzaubert hielten sie aneinander fest. So standen sie beglückt, fast symbolisch, vor der „Alten Schmiede".

„Komm, wir gehen ein Gläschen Wein trinken", schlug Rolf vor. Wie selbstverständlich hielten sie sich an den Händen fest und gingen gleichen Schrittes in Richtung Stadt.

„Ich hätte nie gedacht noch im hohen Alter eine so wunderbare Liebe erleben zu dürfen", sprudelte es aus Rolf voller Glück und Ehrfurcht hervor, als er mir seine außergewöhnliche Geschichte erzählte. „Allerdings", gab er zu, „kam ich angeheitert von einer Weihnachtsfeier, nur deshalb war ich so mutig."

Advent, Vorbote auf das Fest der Liebe, auf Weihnachten?

Silvesterball

Karl hatte zwar eine Frau, aber Weihnachten blieb er lieber auf dem Hof. Seit drei Jahren arbeitete er in der Freizeit bei Bauer Andres. Dort fühlte er sich angenommen, auch weil er seine Arbeit zur großen Zufriedenheit seines Chefs erledigte.

Gertrud, seine Frau, behandelte ihn wie einen Fremden. Sein Bett hatte sie - ohne Kommentar - in die Kammer auf der Diele gestellt. Das kleine Strohdachhaus beherbergte einen klapprigen Gaul und eine Kuh, die ihr Gnadenbrot bekam.

„Weihnachten, das Fest der Liebe", hörte er morgens im Radio. „Was habe ich falsch gemacht? Habe ich noch eine Chance auf Versöhnung mit meiner Gertrud?" Karl kaufte eine schöne Kette. Am Abend vor Weihnachten bat er eindringlich: „Gertrud, magst du mit mir reden?" Sie nickte herablassend.

„Liebe Gertrud", fing er an, „ich weiß nicht, was ich falsch gemacht habe, aber ich weiß, dass ich dich sehr, sehr geliebt habe, noch liebe. Ich lade dich zu einer kleinen Weihnachtsreise, einer Winterreise ins Erzgebirge, ein. Kommst du mit?"

Gertrud fing zu weinen an: „Darauf warte ich seit drei Jahren, auf ein Zeichen, dass du mich liebst. Und nun auch noch diese schöne Kette. Ich war einfach zu beleidigt, weil du mit Carmen, diesem Flittchen, am Silvesterball so wahnsinnig verliebt getanzt hast."

„Das war doch, weil ich zu viel getrunken hatte. Ich wusste nie, warum du mich aus dem Schlafzimmer verbannt hast."

„Carmen hat mir damals einen Brief geschrieben, dass du ihr nach unserer Scheidung die Ehe versprochen hast. Hätten wir nur eher geredet, wäre ich nur nicht so entsetzlich stur gewesen. Oh Karl, ich nehme die Einladung voller Glück an."

Ist nicht Weihnachten heute? Karl und Gertrud fielen sich in die Arme und hielten sich ganz fest.

Unvergesslicher Heiligabend

Der Sturm setzte immer stärker ein, wie es der Wetterbericht vorausgesagt hatte. Mutter hatte den Kamin angeheizt, die Stube war bereits schön warm. Der Sturm heulte. „Wir fahren heute nicht in die Kirche, wir feiern zuhause. Die Gefahr ist zu groß", gab Vater kund. „Widerspruch? Nein!"
Vater schaute noch einmal vor die Tür und holte die Blumenkübel mit dem Tannengrün und Lichtern rein. Ein plötzlicher Windstoß pustete das Feuer im Kamin aus. Es räucherte. Der Strom fiel aus. Der Sturm heulte unheimlich. Dunkelheit. Im Kamin flammte noch ein kleines Feuer auf. Funken flogen. Mutter holte Kerzen und Streichhölzer. Vater konnte mit der Taschenlampe etwas Licht ins Dunkel bringen.
Da, es klopfte an der Haustür. Die Klingel funktionierte ja nicht. „Schließ auf, Robert", befahl mein Vater. Die Nachbarn, Ehepaar Reimann, drängten sich in den Flur.

„Wir haben keinen Strom und unsere Streichhölzer sind nass geworden. Können Sie uns aushelfen?"

Da raste der Sturm erneut los. Das Krachen von Ästen war zu hören. „Sie bleiben hier. Es ist draußen zu gefährlich. Bitte setzen Sie sich, Frau Reimann, Herr Reimann", bestimmte Mutter. Meine Schwester und ich spürten die Angst der Erwachsenen, wir verhielten uns ganz still.

„Die arme Frau Meyer von nebenan ist ganz allein im Haus. Norbert, willst Du sie nicht holen?", schaute Mama Vater ernst an. Stille, es klopfte erneut. Blass und zerzaust huschte Frau Meyer in den Flur.

„Ein Teil meines Daches ist fortgerissen. Der Schnee, der gerade einsetzt, fällt ins Haus. Ich friere. Darf ich bei Ihnen bleiben?" Mutter deutete auf den freien Sessel, holte eine Wolldecke und schenkte Frau Meyer einen heißen Tee mit Rum ein. Langsam bekam sie wieder Farbe.

„Heute ist Heiligabend", stellte meine Schwester unnötigerweise fest. Das Feuer war erloschen, es räucherte noch ein wenig. Allmählich wurde es kälter im Raum. Die Idee, mein Federbett aufs Sofa zu holen, fand auch bei meiner Schwester Laura Anklang.

Mutter stellte den Kartoffelsalat, Brötchen, Butter und kalte Würstchen auf den Tisch. „Es wird für alle reichen." Lauwarmer Tee und Apfelsaft verfeinerten das Menu.

Nachdem alle gesättigt waren, ermunterte Vater uns zum Singen: „Süßer die Glocken nie klingen." Herr Reimanns tiefe Stimme erfüllte den Raum und wir stimmten alle kräftig mit ein. Die Kerzen flackerten. Der Sturm heulte. Die Haustür klapperte.

Zwischendurch schenkte Vater den Erwachsenen Rotwein ein. Wir rückten alle näher zusammen.

„Ein ungewöhnlicher Heiligabend", flüsterte Mama in den Raum.

„Was war bisher ihr ungewöhnlichstes Weihnachten?", stellte Vater die Frage an die Gesellschaft.

„Au ja, erzählen Sie ´mal", baten Laura und ich gleichzeitig.

Herr Reimann seufzte und begann: „Als ich Kind war, so etwa 8 Jahre, durfte ich mit meinem Vater mit dem Pferdeschlitten meine Großeltern abholen. Sie wohnten drei Dörfer weiter, in Ostpreußen, in der Nähe von Allenstein. Oma und Opa standen schon bereit, Decken unter dem Arm. Ich durfte hinten im Schlitten zwischen den beiden sitzen. Es war klirrend kalt, klare Luft. Die Sterne leuchteten, der Vollmond lachte. Das Geklapper der Pferdehufe verschlang der Schnee. ‚Schau mal, mein Junge', flüsterte Opa, ‚der Mond poussiert mit dir, er kneift ein Auge zu und hörst du, er wünscht dir frohe Weihnachten.'

Ich kuschelte mich in Opas Arm und winkte dem Mond zu: ‚Dir auch frohe Weihnachten.' Der Schlitten glitt langsam dahin. Ich war so glücklich, so geborgen."

Traurig verklärt, besinnlich, beendete Herr Reimann seine Kindheitserinnerungen aus glücklichen Zeiten.

„Ich erlebte eine traurige Geschichte", fing Frau Meyer zögernd an. „Ich war 17 Jahre alt, als Bernd und ich uns verliebten. Keine Minute trennten wir uns, bis Bernd Soldat werden musste. Wir weinten beide und versprachen uns ewige Treue, komme, was wolle. Mein Bernd kam nicht wieder. Nach drei Tagen Front wurde er am Heiligen Abend von einer Granate getötet. Niemand wusste von unserer Liebe, unserem Eid.

Deshalb bin ich bis heute allein geblieben, allein mit meinem Heimweh nach Bernd. Ich studierte, wurde Lehrerin. So konnte ich wenigstens für Kinder sorgen. Diese, meine Geschichte habe ich bis heute noch niemandem erzählt."

Frau Meyer atmete tief durch. Betretenes Schweigen.

„Singen wir noch ein Lied?", fragte Laura in die Stille hinein.

Nach dem Lied räusperte Vater sich und fing zu erzählen an: „Als 17-jähriger Schüler hatte ich am Nachmittag des Heiligen Abend bei den Vorbereitungen für das Weihnachtsessen in einer Gaststätte gearbeitet. So um 20:00 Uhr fuhr ich mit der S-Bahn nach Hause. Ich saß allein im Abteil. Da, von einer entfernten Bank hörte ich leises Wimmern. Was war das? Ein kleines Mädchen, vielleicht 2 Jahre alt, rieb sich die Augen und schaute mich fragend an.

‚Wo ist deine Mama?'

‚Weiß nicht.'

Kein Schaffner kam. Niemand stieg ein. Was sollte ich tun? Es war Heiligabend. Ohne viel nachzudenken schnappte ich mir das Kind, nahm es auf den Arm und stieg aus. Meine Eltern versuchten die Polizei zu mobilisieren. Niemand vermisste das kleine süße Mädchen. Das Kind wich nicht von

Mutters Seite. Es schaute so traurig, so verletzt aber auch glücklich aus. Nach vielen Anläufen und großem Papierkrieg durften meine Eltern die kleine Eva behalten, später adoptieren."

„Was, Tante Eva war ein Findelkind? Nee oh nee", jammerte Laura künstlich.

„Gut, dass du sie gefunden hast, Papa, danke!"

Mit Tränen in den Augen streichelte Vater mir über den Kopf.

„Morgen rufen wir Tante Eva an, o. k.?"

Diese Heilige Nacht bleibt mir, Robert, immer im Gedächtnis als schönstes, gruseliges und tiefsinniges Weihnachten meiner Kindheit.

Da ging das Licht an. Schnell stellte Mama den Elektrokocher an. Grog und Kindergrog erwärmten uns alle. Die Nachbarn blieben über Nacht. Am Morgen war der Sturm auch schlafen gegangen. Die Verwüstungen beschäftigten die Einwohner des Dorfes noch lange Zeit.

Was tun?

In kleiner Runde feiern wir im Hause des Jubilars Geburtstag. Die Torten exklusiv und pikant, wie immer von seiner Frau gebacken. Wie immer treffen sich die Freunde am zweiten Weihnachtstag.

Die Gespräche überschneiden sich. Die Engländer wachen anscheinend auf. Sie gehen endlich gegen den verrückten Boris Johnson auf die Straße. Die Politiker begreifen endlich was Trumpf ist. Das Pfund ist gesunken, die vermögenden Engländer investieren im Ausland. Und Trump? Wir verstehen die Amerikaner nicht. Wir Nachkriegsdeutschen verstehen die Welt nicht mehr. Wichtig erscheint uns nur noch ein friedliches, harmonisches Zusammenleben der Menschen.

Wird die Allgemeinbildung durch die schnellen Antworten per Handy verloren gehen? Es gibt fast keine Gespräche mehr, z.B. in den Wartezimmern der Ärzte. Werden psychische Krankheiten die Folge sein? Was können wir, jeder von uns, für die Menschlichkeit noch tun? Nachdenklich, aber auch hilflos und unzufrieden über die Entwicklung verabschieden sich die Gäste mit einem herzlichen Dankeschön für die Bewirtung und für die offenen Gespräche.

Wege gibt es...

„Können Sie mit dem Rollstuhl nicht auf dem Bürgersteig fahren, so komme ich mit dem Auto nicht vorbei", rief ein junger Mann unwirsch durch das Fenster.

„Nein, der Rollstuhl ist stehengeblieben und dann langsam auf die Straße gerollt", antwortete der alte Herr kleinlaut verängstigt dem frechen jungen Mann im Sportwagen.

Da rollerte ein kleiner Steppke heran, klopfte an die Scheibe des Autos: „Noch nichts von Technik gehört? Der Akku des Rollstuhls ist leer und der Herr kann nicht allein laufen. Steigen Sie aus und helfen mir schieben, damit der Herr von der Straße kommt."

Verdattert folgte der junge Mann den klaren Anweisungen des kleinen Jungen, schätzungsweise 7 Jahre alt.

„Woher weißt du denn so gut über Akkus Bescheid?"

„Ha, das weiß doch jeder, der etwas von Technik und Senioren versteht."

„So?"

„Außerdem", meinte der Junge, legte den Kopf schief auf die rechte Seite und kniff dabei ein Auge zu, „sollten Sie höflicher zu hilfsbedürftigen Menschen sein. Sie werden auch einmal alt, und werden Hilfe benötigen."

Der Rollstuhlfahrer hatte bis dahin erstaunt geschwiegen. Dann wandte er sich freundlich dem Kind zu: „Wie heißt du?"

„Niklas"

„Danke mein Junge, woher kennst du dich so gut aus?"

„Meine Omi fährt doch auch so einen Elektroraser. Der heißt Emil und muss zum Aufladen an die Steckdose."

Der Autofahrer begriff endlich die Situation. Er entschuldigte sich zerknirscht, stieg in sein Auto und fuhr langsam weiter. Doch dann hielt er an, sprang aus dem Auto, strich Niklas über den Kopf und erkundigte sich nach seiner Adresse.

Am Abend saß Niklas mit seinen Eltern und Schwester beim Abendbrot, es klingelte an der Haustür. Vater öffnete die Tür.

„Weihnachten ist doch bald. Das Paket ist für Niklas, ich brauche es nicht mehr. Außerdem fehlt mir der technische Verstand."

Neugierig traten Niklas und seine Schwester an die Tür.

„Sie", grinste der Junge. „Das ist der unmögliche Autofahrer von dem ich dir erzählt habe, Lisa."

Lisa schaute den verlegenen jungen Mann an, wurde rot und fragte, um die Stille zu unterbrechen: „Was ist in dem Paket drin?"

„Ein fernsteuerbares Auto, ich spiele nicht mehr damit. Hauptsächlich aber wollte ich mich bei Niklas für die praktische Lehrstunde bedanken."

Gibt es Liebe auf den ersten Blick? Gibt es vom Schicksal bestimmte Fügungen? Lisa und der junge Autofahrer Fynn sind jedenfalls heute ein glückliches Paar.

„So ist das Leben", lacht Niklas altklug und strahlt. „Technik hilft!"

Wer weiß?

Die Grabpflege hatte Friedrich dem Gärtner übergeben. Seine Frau war vor drei Jahren gestorben. Er hatte das Bedürfnis zu Weihnachten das Grab aufzusuchen. Die glücklichen Tage mit Lena ließ er noch einmal Revue passieren. Dann wollte er im Marschachter Hof essen gehen.

Auf dem Parkplatz am Friedhof sprach ihn eine Frau an: „Sind Sie, bist du nicht Friedrich Maurer?"

„Ja, und mit wem habe ich die Ehre?"

Friedrich Maurer und Katrin Mewes gingen gemeinsam in den Gasthof. Drei Stunden redeten sie miteinander, erzählten sich ihre Schicksale, Erlebnisse. Beide waren einsam. Sie stellten fest, in der Jugend viele Dinge in der Elbmarsch gemeinsam erlebt zu haben. Allerdings hatten sie sich gegenseitig nie bewusst wahrgenommen.

Ob es die gemeinsamen Jugendjahre oder die Trauer um den geliebten Partner waren, haben Katrin und Friedrich nicht analysiert. Aber dass

Weihnachten sie zusammengeführt hat, leugnen sie nicht. Im Gegenteil, sie sind froh und dankbar sich gefunden zu haben. Vorsehung? Schicksal? Wer weiß?

Zufall

Fünf Jahre pflegte sie ihren schwer kranken Mann zu Hause. Ganz sanft mit einem Lächeln auf den Lippen war er in ihren Armen eingeschlafen. Leer erschien ihr die Wohnung. Kontakte waren aufgrund der Pflegesituation längst abgebrochen. Dabei war Marion erst 57 Jahre alt. An das neue Leben, allein zu sein, musste sie sich erst gewöhnen. Und wie das Leben so spielt: Beim Friseur kam sie mit einer früheren Bekannten ins Gespräch.

„Gehen Sie auch heute Abend zu dem Vortrag über die Elbmarsch? Der Referent ist Martin Teske, ein Original."

„Nein, ich weiß nicht, ich bin solange nicht öffentlich ausgegangen", stammelte Marion.

„Sie wohnen doch in der Finkengasse, nicht? Ich hole Sie ab. Dann bin ich nicht so allein. Ich heiße übrigens Renate Meyer, geb. Harms. Also um 18:00 Uhr stehe ich vor Ihrer Tür. Bis dann, tschüss." Weg war sie.

Marion hübschte sich ein wenig auf. Die Frisur saß prima. Alles klappte wunderbar. Der Vortrag war köstlich und informativ. Die Stimmung konnte nicht besser sein. Von einigen alten Bekannten wurde sie erfreut angesprochen. Die Vorsitzende vom DRK begrüßte sie herzlich und lud Marion zum nächsten Treffen ein. Marion ließ sich überreden, am ersten August-Wochenende am Schützenfest in Stove teilzunehmen.

Auswärtige Vereine mit großen Abordnungen strebten fröhlich ins Zelt. Wie vom Blitz getroffen riss Marion ihre Augen auf und starrte zum Eingang des Zeltes. Ein etwa 60-jähriger Mann in Schützenuniform schaute sie fasziniert an.

„Marion, Marion, du hier?"

„Klaus Peter?!"

Beide gingen aufeinander zu. Sie hatten in jungen Jahren Tür an Tür in Hamburg gewohnt, waren zeitweise sogar eng befreundet gewesen, hatten sich dann aber aus den Augen verloren. Hand in Hand strebten Marion und Klaus Peter zur Bar.

„Wo wohnst du?"

„Oh Marion, meine Frau ist vor 5 Jahren verstorben, ich lebe allein, meine Kinder wohnen in Frankfurt, ja, und ich lebe seit 20 Jahren in Hanstedt."

Marion bestellte Sekt. Sie blieben den ganzen Abend zusammen, schwelgten in Erinnerungen, verliebten sich, wie es schien, aufs Neue. Im Laufe der Zeit, ganz allmählich, mit ängstlicher Vorsicht, kamen sich Marion und Peter näher.

Heiligabend, die Kinder hatten ihr Erscheinen abgesagt. Sie wollten in die Wärme fliegen oder zum Skilaufen in die Berge. Klaus Peter und Marion freuten sich auf ein Weihnachtsfest zu zweit. Gibt es eine zweite Chance? Gibt es eine zweite Liebe im Leben? Gibt es ein zweites Glück? Fragen sie doch einfach Marion und Klaus Peter.

Zukunft für alle

Die Vorbereitungen für den Weihnachtsmarkt in der Elbmarsch liefen auf Hochtouren. Peter Rabe bedankte sich am Freitagabend bei all den vielen ehrenamtlichen Helfern. Liebevoll geschmückt war der Platz rund um die Kirche, die Buden standen bereit für die Verkäufer.

Am Sonnabend, um neun Uhr, hatte sich das Team zur Kontrolle und den letzten technischen Vorbereitungen verabredet.

Was war das? Mitten auf dem Platz lagen, eingehüllt in Decken, fünf junge dunkelhäutige Männer.

„Wir bitten um Asyl!", stand auf einem Plakat, das unter ihren Köpfen zu sehen war. Sie schliefen. Ratlosigkeit.

„Der Bürgermeister muss her!", überlegte Peter Rabe laut.

In Begleitung eines Polizisten erfasste der Bürgermeister sofort die Situation.

„Wer sind Sie?" Herr Bürgermeister Garbe schüttelte vorsichtig die jungen Männer wach.

„I'm Roger from Eritrea."

„Wie kommen Sie hierher?"

„Oh, ich spreche etwas deutsch. Meine Mutter ist in Mannheim geboren", richtete sich der zweite Mann auf. „Man wollte uns erschießen. Da sind wir in den Wald gelaufen. Oh Wunder, dort landete gerade auf dem freien Gelände ein kleines Flugzeug. Der Pilot erkannte unsere Not und flog uns aus dem Land. Der Pilot sprach nicht mit uns, aber er zeigte uns auf einer Landkarte, wohin wir uns begeben sollten. Ist hier Hamburg?"

Schnell sprach sich das Ereignis im Dorf herum. Was soll werden? Kommen noch mehr Flüchtlinge?
Die traurigen Augen der jungen Männer verfolgten Frau Merz. Sie hielt spontan einen Familienrat. Dann bat sie die armen Menschen in ihr Haus.
„Wir erinnern uns noch sehr deutlich daran, wie wir als Flüchtlinge aus Ostpreußen hier eintrafen", meinte ein älteres Ehepaar ernst bedrückt.
„Was bedeutet Weihnachten?", warf eine andere alte Dame in die Runde.

Das ist jetzt vier Jahre her. Die jungen Männer erhielten Asyl. Der Weg bis dahin war kompliziert und steinig. Frau Merz half den Flüchtlingen so viel sie konnte. „Danke, Frau Merz-Mama, danke für alles." Der enge Kontakt besteht noch heute, obwohl nicht mehr alle fünf Weihnachtsboten in der Elbmarsch wohnen.

Ade Frankfurt

Die Wohnung war geschmackvoll eingerichtet. Frauke setzte sich zufrieden in den neuen Fernsehsessel und genoss die Eleganz des neuen Heimes. Robert hatte von seiner Frankfurter Firma den Posten des Filialleiters in Hamburg erhalten. Am 2. Januar sollte sein Dienst beginnen. Vierzehn Tage Urlaub für die Umorientierung wurden ihm noch gewährt.

„Weihnachten feiern wir in Hamburg. Bis dahin richte ich unser Zuhause gemütlich ein", versprach Frauke. Sie kannte nach fünf Ehejahren den Geschmack ihres Mannes. Robert organisierte derweil die Auflösung der Frankfurter Wohnung. Am 23. Dezember holte Frauke ihren Robert mit dem Auto aus Frankfurt ab. Unterwegs gerieten sie immer wieder in Staus. So erreichten sie völlig erschöpft um 23:30 Uhr Hamburg. Frauke fuhr sicher bis in die Straßburger Straße. Dort gab es sogar einen Parkplatz.

„So, mein Liebster, hinauf in unser Nest im dritten Stock." Robert war so müde. Der Schlüssel, ach der Schlüssel lag bei ihrer Mutter in Frankfurt auf der Fensterbank. Um diese Nachtzeit gab es natürlich keine Möglichkeit, die Hausverwaltung um Hilfe zu bitten. Im kleinen Lokal auf der unteren Etage brannte noch Licht.

„Bitte, sagen Sie uns, wo wir noch ein Hotel finden können."
Der freundliche Grieche lächelte, überlegte und telefonierte. „Mein Bruder hat noch ein Zimmer frei, das kleine Hotel liegt in der Nähe der Michaeliskirche. Ich bringe Sie hin."

Eine Runde Gäste, dem Eindruck nach Griechen und Deutsche, plauderten bei einem Glas griechischem Wein, nickten den neuen Gästen freundlich zu und machten Platz. Frauke und Robert fühlten sich sofort pudelwohl. Die Wirtin zauberte eine Platte mit griechischen Köstlichkeiten auf den Tisch. Als die beiden nach einigen fröhlichen unterhaltsamen Stunden in ihre frisch bezogenen Betten fielen, war die Sorge um die Schlüssel zunächst fast vergessen.

Geschirrgeklapper weckte das verirrte Pärchen auf.
„Frauke, es ist schon 11:00 Uhr. Ich rufe die Hausverwaltung an. Dann frühstücken wir, ja?"
„Bis zum 3. Januar bleibt das Büro geschlossen. Bei Notfällen rufen Sie die Polizei." Was nun?

„Sie können noch bleiben", tröstet der Wirt. „Mein Vorschlag: Um 14:00 Uhr findet im Michel ein Weihnachtskonzert statt. Ich besorge Ihnen noch 2 Karten. Anschließend steigen Sie auf den Turm. Hamburg im Lichterglanz, von oben gesehen, ist ein einmaliges Erlebnis. Das trockene Frostwetter ist optimal dafür. Anschließend laden wir Sie ein, mit uns und unseren Gästen Weihnachten zu feiern."

Frauke und Robert schauen sich an: „Toll, danke gern."

Herr Propelos hatte nicht zu viel versprochen. Hamburger Weihnacht – grandios. Als Krönung allerdings bekamen die Zugereisten das eindrucksvolle, liebevoll gestaltete Weihnachtsfest in dem kleinen griechischen Familienlokal noch obendrauf.

Seit Weihnachten 2010 liebten die ehemaligen Frankfurter die tolle Stadt Hamburg. Robert und Frauke revanchierten sich selbstverständlich bei ihren Zufallsgastgebern. Eine echte Freundschaft zwischen Menschen verschiedener Kulturen entstand rein zufällig. Zufällig zu Weihnachten?

Advent, Advent

Das junge Pärchen kettete die Fahrräder an einen Baum, in der Nähe des Anlegers, im Hafen von Geesthacht. Sie hatten eine Brunch-Fahrt gewonnen, mit dem Salonschiff Aurora.

Vor Kurzem waren sie aus dem Ost-Harz nach Marschacht gezogen, weil Fred in der chemischen Fabrik „Bruno Bock" Arbeit gefunden hatte. Beide lebten seit drei Jahren von Hartz IV. Jetzt freuten sie sich, den Schritt in eine neue Welt gewagt zu haben. Die kleine, neue Wohnung richteten sie sich so gemütlich wie möglich ein. Einige Möbel hatte ihnen die freundliche Vermieterin zur Verfügung gestellt und über die hübsche Einbauküche jubelten sie.

Am 1. Advent konnten sie ihren 1. Hochzeitstag feiern. Sie liebten einander sehr. Neugierig besuchten sie den Weihnachtsmarkt rund um die Kirche, gönnten sich Torte und Kaffee beim MTV in dem Kirchen-Café.

Eine junge Frau schüttelte Lose in einen Eimer und animierte zum Kauf.

„Bitte, Fred, kaufe ein Los. Heute ist doch unser Hochzeitstag."
Die junge Verkäuferin lächelte: „Hochzeitspaare bekommen ein Los geschenkt."
Dagmar entrollte das Los. Eine Nummer, die Nummer 2.
„Das ist einer der Hauptgewinne", lachte die Verkäuferin laut. Große Freude!

Die Schiffsinhaberin führte die beiden an den reservierten Tisch. Ein älteres Ehepaar nahm ebenfalls Platz. Bald kamen sie ins Gespräch. Dagmar erzählte, auf welch ungewisses Abenteuer, weg aus dem Harz, sie sich eingelassen hatten. Die ungleichen Paare freundeten sich ein wenig an. Kurz vor Ende der interessanten, wunderschönen Fahrt fragte die alte Dame – sie war wohl so ca. 80 Jahre alt: „Sagen Sie, Dagmar, können Sie sich vorstellen, mich ein wenig im Haushalt zu unterstützen? Meine Kinder wohnen in Süddeutschland, weit weg, ich schaffe die Arbeit nicht mehr allein."
„Gern", Dagmar strahlte. Sie verabredeten Termine und tauschten Adressen aus, dann legte das Schiff auch schon in Geesthacht an. Glücklich gingen beide Ehepaare von Bord.

„Die Weihnachtszeit bringt doch noch Wunder hervor! Ich freue mich auf Heiligabend", lächelte Fred, als sie im Bett lagen, und sie schliefen eng aneinander gekuschelt ein.

Alles aus?

Irgendwie war Vater verändert. Ihm fehlte seine Fröhlichkeit. Vater war nervös und ungeduldig. Die Kinder spürten, dass der Alltag der Familie, die lockere Sicherheit, ins Wanken geraten war. Bert, der sensible Junge von 15 Jahren, sprach eines Abends mit seiner etwas älteren Schwester Anja sorgenvoll über diese eigenartige Stimmung im Hause.
„Wir müssen die Ursache rausfinden, warum bei uns Veränderungen eingetreten sind."
Durch Zufall erfuhr Anja bald nach ihrem Gespräch: Vaters Firma steuert auf eine Insolvenz zu. Vater muss seinen langjährigen Mitarbeitern noch vor Weihnachten die Kündigung überbringen.

„In acht Wochen ist Weihnachten. Was können wir tun?"

„Die kleine Fischereifabrik muss die alten und viele neue Kunden zum Kauf animieren."

Bert und Anja packten kleine Körbchen mit leckeren Fischspezialitäten von „Brise", versahen diese mit Weihnachtsservietten und roten Schleifen. Mit viel Glück konnten sie noch eine kleine Bude auf dem Gänsemarkt-Weihnachtsmarkt mieten. Sie verkauften die ansprechenden Körbchen für 16 Euro pro Stück, bei einem Einkaufspreis von 9,20 Euro.

Das Geschäft lief hervorragend. Bald kamen Kunden und fragten nach der Herstellerfirma. Der große Umsatz dieses kleinen Unternehmens fiel auf. Andere Marktkunden ließen sich die Adresse der Firma „Brise" geben.

Vater fand natürlich bald heraus, wer hinter dieser genialen Verkaufsmasche steckte. Stolz nahm er seine Kinder in die Arme: „Ihr zwei habt meine Firma gerettet." Große Häuser fragen täglich nach „Brises Fischerkörbchen" aus Hamburg, als Weihnachtspräsente für gute Kunden. Die Mitarbeiter haben aus Dankbarkeit versprochen, ehrenamtlich die weiteren Verkaufstage auch auf anderen Märkten zu übernehmen.

Vater Brise hatte nun keine Angst mehr vor der Zukunft, auch nicht vor der Zukunft seiner Kinder, hatten sie doch bewiesen, im richtigen Moment handeln zu können. Glücklich besuchten die vier Brises den Gottesdienst am Heiligen Abend.

Weihnachten,
ein Fest der Familie,
ein Fest der Freude,
ein Fest des Dankes,
ein Fest der Besinnlichkeit.

„Ja, so ist es", sagte weich und voller Wärme der sonst so distanzierte Geschäftsmann Jochen Brise. Stolz strahlte er seine kleine Familie an.

Arne schreitet ein

„Du gehst aber mit den Kindern in die Kirche. Marita liebt das Singen und Arne bestaunt immer den großen Tannenbaum."

„Ja, das lenkt auch ab", antwortete Paul bedächtig. Gisela lag seit zwei Tagen im Krankenhaus. Bei Glatteis war sie vor der Haustür ausgerutscht und hatte sich das Bein gebrochen, zwei Tage vor Heiligabend.

„Gott sei Dank sind alle Einkäufe erledigt. Die Ente liegt in der Truhe, der Rotkohl ist fertiggekocht und ebenfalls eingefroren, aber ihr werdet wohl essen gehen müssen", sagte Mama kleinlaut am Telefon.

In der Kirche rutschte Vater mit den beiden in eine fast voll besetzte Bank, es war wirklich eng.

„Ach wie schön, du sitzt neben mir", freute sich Arne. „Papa, das ist die Frau, die mich nach meinem Rollersturz verarztet hat. Die Frau Meyer ist neu hier. Sie wohnt in dem Neubau hinter der Bank. Sie ist wirklich nett."

Vater nickte freundlich.

Arne plapperte weiter: „Was machst du heute Abend, Frau Meyer?"

„Ich gehe nach Hause, esse Kartoffelsalat und Würstchen und höre Weihnachtslieder und Geschichten aus dem Radio."

„Also, du bist ganz allein? Wir auch. Mama ist im Krankenhaus. Kannst du nicht bei uns kochen, Frau Meyer? Papa hat das nicht gelernt, Marita schon gar nicht und ich darf nicht an den Herd."

Papa verstummte bis er Frau Meyers freundlichen Augen begegnete.

„Soll ich?", fragte sie leise.

„Oh ja!", rief Arne begeistert, so laut, dass die Besucher des Gottesdienstes, rundherum auf den Bänken sitzend, lachen mussten. Vor Aufregung konnte Arne kaum die Lieder mitsingen. Endlich war der Gottesdienst zu Ende. Arne drückte seine kleine Hand in die von Frau Meyer und zog seine neue Freundin aus der Kirche. Marita sah Vater an, beide nickten sich zu, und die vier marschierten nach Hause. Mit Maritas Hilfe wurde das Essen am Heiligabend perfekt.

„Morgen bereite ich für euch das Festessen, aber bei mir. Die Ente und den Kohl nehme ich gleich mit."

Es war ein fröhlicher Heiligabend. Vater und die Kinder telefonierten noch einmal mit Mama, die voller Freude von der Ersatz-Omi erfuhr.

Vater begleitet Frau Meyer noch bis zu ihrer Wohnung. Da fing Frau Meyer an leise zu weinen: „Es ist so schön in einer Familie zu sein. Ich habe meine liebsten Menschen bei einem Flugzeugabsturz verloren, einen Tag vor Weihnachten, vor sechs Jahren. Die große Angst vor dem Alleinsein, gerade heute, haben Sie mir mit Ihrem Vertrauen genommen. Ich freue mich auf morgen. 12:30 Uhr, ist das recht?"

Bello

„Plötzlich ging der Schnee in Regen über. Vorsicht, Glätte überall, bleiben Sie zu Hause, wenn Sie nicht dringliche Termine wahrnehmen müssen", warnte der Rundfunksprecher.

Frau Seipel, die nur langsam, mit Hilfe eines Stockes, gehen konnte, war aber bereits seit acht Uhr morgens unterwegs. Ihren kleinen Bello plagte ein Geschwür am Ohr. Die junge Tierärztin hatte den Liebling operiert und nun schlief er noch in der viereckigen Einkaufstasche. Da passierte es vor dem Kaufhaus, ganz in der Nähe der Bushaltestelle. Frau Seipel stürzte. Die Tasche flog und rutschte auf dem glatten Pflaster bis an die Wand des Geschäftes. Niemand achtete darauf.

Im Krankenhaus wurde Frau Seipels gebrochener Arm gerichtet und eingegipst.

Inzwischen wachte der kleine Bello in der Tasche auf und wimmerte leise. Das hörte Sabine, die auf den Stadtbus wartete. Sie schnappte sich die Tasche und nahm den entdeckten, kleinen Hund sofort mit nach Hause. „Den darf ich bestimmt nicht behalten", grübelte Sabine. „Ich verstecke ihn in meinem Zimmer hinter meinem Schreibtisch."

Der Hund jaulte leise, schnappte nach Luft. Er hat Durst, fiel Sabine ein, und Hunger. Sie schlich in die Küche, holte eine kleine Schüssel, füllte Wasser hinein und schnitt ein Stück Brot sowie etwas Leberwurst zurecht. Voller Freude bellte das Tierchen.

Mutter kam ins Zimmer: „Was war das für ein Geräusch? Hörte sich wie Bellen an."

Kleinlaut zeigte Sabine das kleine Bündel.

„Heute kann der Kleine noch hierbleiben, aber morgen werden wir den Besitzer suchen, klar?"

„Ja, Mama."

„Wer hat meinen kleinen Bello gesehen?" Diesen verzweifelten Aufruf hörten die Meyers während des Frühstücks im Radio. Mutter leitete sofort die Rückgabe ein. Nach etwa 30 Minuten klingelte ein Taxifahrer. Eine alte Dame mit einem eingegipsten Arm steigt schwerfällig aus dem Auto. Der Hund brachte sich um vor Freude. Dankbar nahm Frau Seipel Sabines Angebot an, täglich mit dem Hund spazieren zu gehen, mindestens, solange sie gehandicapt ist.

„In der Adventzeit passieren schon ungewöhnliche Dinge, nicht Sabine?", lachte Frau Seipel glücklich.

Damals...

Schneematsch lag überall am Rande der Straße. Karl Heinz Schröder fuhr langsam durch die wenig belebten Straßen von Winsen. Es war der erste Advent. Er hatte seine Mutter im Krankenhaus besucht. Die alte Dame hatte einen Schwächeanfall erlitten. Nachbarn fanden sie zufällig im Flur ihres kleinen Häuschens auf dem Boden liegend.

„Mit 80 Jahren muss man schon mit kleinen Attacken rechnen", hatte der Arzt gemeint, „aber Ihre Mutter befindet sich auf dem Wege der Besserung. Übermorgen kann sie nach Hause."

In Gedanken versunken bemerkte Karl Heinz, während des Fahrens, eine in Mütze und Schal eingemummelte Frau auf dem Bürgersteig. „Dieser Gang kommt mir so bekannt vor - klar, klar - Frau Mertens, meine alte Englischlehrerin muss das sein", flüsterte er vor sich hin.

Er parkte, stieg aus und ging der Frau entgegen. „Frau Mertens, ich grüße Sie." Staunend blieb die alte Dame stehen.

„Was treibt Sie im Halbdunkel noch auf die Straße? Übrigens, ich bin Karl Heinz Schröder, Ihr ehemaliger Schüler vor 30 Jahren. Wohnen Sie noch in Luhdorf, in Ihrem schönen alten Backsteinhaus?"

Sie nickte nur.

„Ich fahre Sie hin und in einer Stunde hole ich Sie ab. Dann lade ich Sie zum Essen ins Schloßhotel ein. Ist doch recht, oder? Ich kümmere mich inzwischen um mein Nachtquartier, im Haus meiner Mutter. Die Nachbarn haben den Schlüssel. Ich wohne in Bremen und fahre in den nächsten Tagen zurück, je nach Gesundheitszustand meiner Frau Mama."

Es wurde ein gelungener Abend. Frau Mertens, inzwischen 83 Jahre alt, hatte ihren Mann fünf Jahre zu Hause gepflegt und dadurch den Kontakt zu den Menschen verloren. Kinder besaß sie nicht.
Aber dann erzählten sie von der Schulzeit. Karl Heinz berichtete, wie scheußlich er die Englische-Grammatik-Stunden empfand: „Allerdings kann ich die *irregular verbs* noch heute rückwärts flöten."
„Lieber Karl Heinz, Sie waren ein stinkfauler Schüler. Mit Druck erreichte ich ab und zu, dass Sie gute Ergebnisse präsentieren konnten. An eure Klasse kann ich mich noch gut erinnern. Ich freute mich damals über eure unglaublichen Aktivitäten, wie Demos gegen den Direktor, die Einrichtung einer Raucherecke oder gegen zu hohe Preise für den Besuch der Badeanstalt."
Die Erinnerungen wurden immer lebendiger. Der Wirt hatte bereits fast alle Gäste zur Tür begleitet.
„Oh, gleich ist es 12:00 Uhr Mitternacht. Ich bringe Sie schnell nach Hause."
„Karl Heinz, verraten Sie mir noch, welchen Beruf Sie ausüben? Sie wollten doch Techniker, Ingenieur bei den VW-Werken werden? Lassen Sie mich raten: Ingenieur für Maschinenbau?"
Karl Heinz schüttelt den Kopf.
„Informatiker?"
Karl Heinz schüttelt den Kopf.
„Tiefseeforscher, Ihr heimlicher Wunsch?"
„Nein auch nicht, also, ich bin Studienrat wie Sie!"
„Das glaube ich nicht."
„Ich lehre Englisch und Deutsch mit Freuden."
Frau Merten lachte schallend. „Das war der schönste Adventsonntag seit Jahren", strahlte die alte Lehrerin und nahm den großen Jungen in den Arm.

Später trommelte Karl Heinz noch ehemalige Schulkollegen zusammen und gemeinsam beschlossen sie, halbjährlich eine fröhliche Runde, wie die

Feuerzangenbowle, zu arrangieren. Bis heute treffen sich noch neun Ehemalige mit der inzwischen 90-jährigen Lehrerin - Frau Gundula Mertens.

Das eigene Christkind

Sie stand vor dem Schaufenster, bohrte beide Fäuste in die Manteltaschen und schluckte die sich aufdrängenden Tränen mit Druck herunter. Warum hatte ihr Fred bloß wieder so viel Alkohol getrunken? Jetzt lag er mit gebrochenem Oberschenkel in der Endo-Klinik in Hamburg. Sie war traurig, zornig und fühlte sich sehr einsam und verlassen.
„Heute ist Heiligabend und ich bin ganz allein. Die Kinder leben in Amerika. Sie werden wohl noch telefonieren. Soll ich überhaupt nach Hause gehen? Ob Fred sein Versprechen jemals einhalten wird, nicht mehr zu trinken? Wäre ich bloß in meinem Heimatdorf in der Elbmarsch geblieben und nicht Fred nach Hamburg gefolgt."
Nun liefen ihr doch die Tränen über die Wangen. Da fühlte sie plötzlich eine kleine Hand, die sich in ihre Manteltasche schob, zwängte. Zwei große braune Kinderaugen sahen sie an. „Bist du auch so traurig wie ich? Meine Oma ist tot und heute ist doch Heiligabend. Oma ist immer mit mir in die Michel-Kirche gegangen. Dann haben wir den großen Tannenbaum und die vielen Lichter bestaunt und ganz viele Weihnachtslieder gesungen."
„Und wo sind deine Eltern?", fragte Ruth erstaunt.
„Och, die sind schon wieder auf'm Kiez, bestimmt schon wieder betrunken."
Spontan, ohne weiter nachzudenken, lächelte Ruth den Jungen an: „Wollen wir Beide in die Kirche gehen?"
Seine traurigen Augen leuchteten plötzlich wie Kerzen. Aus tiefster Seele brach es aus ihm heraus: „Oh ja!"
Sie hatten noch eine Stunde Zeit bis zum Beginn des Gottesdienstes. Ruth telefonierte mit der Polizei, um zu erklären, dass der kleine…
„Wie heißt du eigentlich?"
„Klaus Hermann Hansen, Auf den Reeperbahnen 3, Hamburg, bin 6 Jahre alt und komme zur Schule", rappelte der Junge herunter.

„Falls der Junge als vermisst gemeldet werden sollte, melde ich hiermit der Polizei, dass Klaus Hermann bei mir in Hamburg Farmsen Weihnachten verbringen wird."

Einen so glücklichen, befreienden Heiligabend hatte Ruth seit dem Wegzug ihrer Kinder nicht mehr erlebt.

Am ersten Weihnachtstag besuchten beide Fred. Als Klaus Hermann vom Heiligen Abend erzählte, fing Fred an zu weinen.

„Wenn ich nach Hause komme, basteln wir zusammen oder spielen Mensch ärgere dich nicht, ja?"

Seit dieser Weihnacht kümmerten sich Ruth und Fred um ihren kleinen Engel, so nannten sie ihn heimlich. Fred sah eine große Aufgabe vor sich, diesem sensiblen Jungen zu einem vernünftigen Start ins Leben zu verhelfen. Kinder, ja, Kinder hatten ihm gefehlt.

Heute ist Klaus Hermann ein angesehener Kinderarzt in Hamburg. Er kümmert sich ehrenamtlich um traurige, einsame Kinder, besonders am Heiligen Abend um Kinder, die allein auf den Straßen herumirren.

„Gut", seufzte Ruth, „gut, dass ich meinem Fred nach Hamburg gefolgt bin."

Das Malheur

Genüsslich schmiss sich Herbert Klein auf den Sitz im Flugzeug. Gott sei Dank konnte er am Gang sitzen und seine Beine lang ausstrecken. Endlose zähe Verhandlungen hatte er in London führen müssen, aber letztendlich einen beiderseits zufriedenstellenden Abschluss in der Tasche. Die Stewardess erklärte die Sicherheitsvorrichtungen, das hörte Klein gerade noch, dann schlief er erschöpft ein.

„Kann ich bitte einmal durch? Bitte." Sein Nachbar drängelte bereits vorbei, fiel über Herbert Kleins Beine, landete mit dem Oberkörper auf dem Schoß der gegenübersitzenden jungen Dame. Diese schrie vor Schreck los, denn auch ihre Cola war während des Unfalls verschüttet worden.

Der gestrauchelte, junge Mann entschuldigte sich: „Ich bin über die langen Beine dieses Herrn am Gang gestolpert."

Verwirrt registrierte Herbert Klein die Situation.

„Oh bitte, kann ich helfen? Ihre helle Hose ist total mit brauner Soße bekleckert. Ich komme selbstverständlich für die Reinigung auf", regelte Klein - wie gewohnt - den Vorfall. Der junge Stolperer bot an, auch einen Teil der Kosten zu übernehmen und händigte Klein seine Karte aus.

„Übermorgen ist Weihnachten und ich habe keine zweite Hose dabei. Ich fliege nach Hamburg und muss noch mit dem Auto weiterfahren, meine Großeltern besuchen. Sie wohnen in einem Seniorenheim in Marschacht an der Elbe, etwa 40 km vom Flughafen entfernt. Dort gibt es das Hotel ‚Marschachter Hof' mit Übernachtungsmöglichkeit. O Schreck, ich habe vergessen, mir ein Leihauto zu bestellen. Heute ist wirklich nicht mein Tag!", sprudelte es aus Sabine heraus. Sie lehnte sich erschöpft zurück und schloss die Augen.

„Ein hübsches, sympathisches Wesen", dachte Herbert Klein und schaute sie ungeniert an.

„Ich bringe Sie nach Marschacht, ich bin sowieso allein in meiner Wohnung", bot Klein Sabine an und strahlte.

„Das kann ich nicht annehmen, nein danke."

Herbert Klein war mit einem Mal hellwach. Was war das? Ich bin doch sonst nicht so hilfsbereit?

Beide lehnten sich zurück. Klein streckte die Beine aus, schloss die Augen und fing an zu grübeln. Patsch! Der Nachbar kam zurück, versuchte über Kleins Beine zu klettern und fiel erneut in Sabines Schoß, schaute hoch, küsste Sabine spontan auf den Mund, griente und rutschte auf seinen Platz.

„So was!" Herr Klein wies den jungen Mann, unter Hinweis auf die guten Manieren, zurecht und kümmerte sich um die sichtlich entsetzte Sabine.

Kurz vor der Landung wiederholte Herbert Klein sein Angebot, Sabine nach Marschacht zu fahren.

Herbert Klein, ein Arbeitstier, hatte keine Familie. Seit einiger Zeit schüttete er sich mit Arbeit zu, pflegte berufsbedingt wenige Freundschaften. Kaum zu glauben, er verliebte sich spontan in dieses natürliche Mädchen. Und Sabine? Sabine begriff nichts mehr. Die Fahrt nach Marschacht verlief wie im Flug, wie im Traum? Sie war wie berauscht.

Die Großeltern kannten Sabines langjährigen Freund nur per Telefon und hielten nun Herbert für ihren Partner. „Wann, junger Mann, heiraten Sie unsere liebe Enkelin?" Pause. „Wir möchten das noch erleben."

„Am 15. Januar, nicht wahr, Sabine? Und unseren Glücksbringer, den Stolperjan, laden wir natürlich mit ein. Seine Visitenkarte steckte er mir noch zu."

„Du… du, du also", Herbert beendete ihr Gestotter mit einem Kuss.

„Ist das heute dein Tag, Sabinchen?"

„Morgen ist Weihnachten, kommt ihr ins Heim?", störte Oma das Pärchen.

Wenn Sie Mitte Januar ein verliebtes Paar im Dorf spazieren sehen, könnten es Sabine und Herbert sein.

Pastoren sind auch Kinder

Die Gemeinde sang „Kommet ihr Hirten, ihr Männer und Frauen", während Herr Pastor Gutmann auf die Kanzel stieg. Wie gewohnt wollte er seinen Eltern zublinzeln, aber sie saßen nicht auf ihrem Platz in der dritten Reihe. Er nahm Blickkontakt zu seiner Frau auf. Sie hob die Schultern.

„Da muss etwas passiert sein. Noch nie in meiner 12-jährigen Amtszeit haben die beiden den Gottesdienst am Heiligen Abend versäumt", dachte der Pastor voller Schrecken. „Ich muss anrufen!"

Er nestelte unter seinem Talar herum, holte das Handy aus der Hosentasche, schob es unter die Pultlampe und wählte die Nummer. Der Gesang war gerade zu Ende. Die Besucher schauten nach oben. Da stand ihr Pastor mit einem Handy am Ohr. Ganz in Gedanken rief Pastor Gutmann wütend von der Kanzel: „So eine Scheiße, es meldet sich niemand."

Hastig stolperte er die Treppe von der Kanzel herunter, raste zur Tür, riss diese auf und schnappte sich ein Fahrrad. „Mist, angeschlossen", hörten die Leute noch. Dann fiel die Kirchentür wieder zu. Totenstille oder eher verhaltenes Schweigen herrschte im Raum.

„Wir singen jetzt Kling Glöckchen", rief der Organist und fing zu spielen an.

Inzwischen klingelte der Pastor Sturm bei seinen Eltern. Niemand öffnete. Nun wiederholte er das Klingeln, allerdings im Dauerton. Endlich vernahm er Mutters schlurfende Schritte.

„Was ist los, mein Junge?"

„Ist alles in Ordnung? Mit Papa auch?"

„Ja, ja, warum fragst du? Wir hatten heute Mittag unangemeldeten Besuch alter Freunde, die auf der Durchreise waren. Da haben wir zwei Gläschen Rotwein getrunken. Als der Besuch fort war, wollten wir uns ein halbes Stündchen hinlegen. Da müssen wir wohl eingeschlafen sein."

„Gut, gut", erleichtert holte der Sohn tief Luft. „Wir kommen wie immer heute Abend zu Euch." Weg war er.

Als er zurück in die Kirche kam, stieg er bedächtig auf die Kanzel, sah sich rundherum um und erklärte: „Ich bitte mein merkwürdiges Verhalten zu entschuldigen. Ich hatte einfach zu große Angst, dass meinen Eltern etwas passiert sein könnte. Alles ist o. k."

„Ist schon in Ordnung", rief ein Konfirmand aus dem Publikum. Alle klatschten. „Das wird jetzt meine Ersatzpredigt in Kurzform: Ängste und Vertrauen hängen eng beieinander, sowie Ängste und Liebe. Aber die Liebe ist die Größte von allen. Lasst uns singen, sonst platzen eure Würstchen zu Hause."

„O du fröhliche!"

Das schöne Mädchen

„Wo finde ich bloß das flotte, schöne Mädchen, mit dem ich so wunderbar verliebt auf dem Schützenfest in Stove getanzt habe? Sie geht mir nicht mehr aus dem Kopf." Klaus hatte schon alle Freunde vorsichtig ausgefragt. Niemand kannte das entzückende Mädchen mit den krausen, dunklen Locken. Irgendwie hatte er das Interesse an anderen Mädchen verloren.

Auf den Weihnachtsmarkt der Elbmarsch freute er sich jetzt, zumal am Freitag die Gruppe „Papa rockt" draußen, auf dem Freigelände rund um die

Kirche spielte. Gut gelaunt erlebte er mit seinen Freunden die Zeremonie der Eröffnung des Marktes. Sie tranken fröhlich ihren Punsch.

Da sah er sie.

Erschrocken, fast schüchtern strahlte er sie an. „Hat sie mich erkannt?", fragte er sich. Sie war nicht allein, in Begleitung eines jungen Mannes und schon sehr vertraut mit diesem. „Ich muss es wissen!" Klaus trat zu dem Mädchen und ihrem Begleiter.

„Darf ich einen Punsch spendieren?"

„Gern", erwiderte sie und sah Klaus strahlend an. „Übrigens darf ich Dir meinen Bruder vorstellen, der ist gerade zum Kommissar berufen worden. Er hat alle Prüfungen auf der Polizeihochschule bestanden, toll nicht, Klaus?"

„Du weißt, wie ich heiße?"

„Na klar, ich habe nur noch von Dir geträumt seit dem Schützenfest und mich dann nach deinem Namen erkundigt. Komm, Wir setzen uns dahinten in die Ecke und stoßen mit einem Punsch an."

Klaus und Inge sind seitdem ein ganz verliebtes Paar und sie planen eine gemeinsame Zukunft. Vielleicht kennt ihr sie.

Schützenfest – Weihnachtsmarkt. Zufallsbegegnung? Schicksal? Fügung? Oder einfach Glück?

Viel Glück den beiden!

Der Brief

Nachdem sie den großen Tannenbaum am Küsterhaus aufgestellt und mit elektrischen Kerzen geschmückt hatten, trafen sich einige der Feuerwehrleute noch im Marschachter Hof. Bodo wollte seinen Kummer herunter spülen. Seine Freundin Katrin hatte einfach, per Brief, die Beziehung beendet. Auf dem Weg nach Hause verabschiedeten sie sich noch einmal förmlich - in strammer Haltung - von dem inzwischen dunklen Tannenbaum.

Am nächsten Morgen schmückten die Kindergartenkinder mit gebastelten Sternen den wunderschönen Baum.

„Hier liegt ein Brief", rief eine Kleine.

„Häng den auch in den Baum", antwortete die gestresste Erzieherin.
So kam es, dass im Laufe des Tages der Brief von einer Sportgruppe gefunden wurde:

Lieber Bodo,
es war eine wirklich schöne Zeit mit Dir,
aber ich habe keine Lust mehr mit der Feuerwehr
zu konkurrieren, meine Privatzeit dafür einzuteilen.
Alles Gute für deine Feuerwehrkarriere!
  Deine Ex Katrin

Lacher und Spekulanten blieben nicht aus. Ob aus den beiden dennoch wieder ein Paar wurde, ist dem Schreiber nicht bekannt.

Der Hintereingang

Jonas hatte keine Lust mit der Familie am Heiligabend in die Kirche zu gehen. „Alles nur ‚bla bla'", hatten die Kumpels gesagt. „Is' was für Weiber." Jonas war 14 Jahre alt. Er wusste nicht mehr so richtig, was er von Weihnachten halten sollte. Die Geschenke sind o. k., das Essen mit den Großeltern zusammen eigentlich auch.
Die Eltern hatten ihn nicht zweimal zum Mitgehen gebeten. Nun fühlte sich Jonas ein wenig einsam, ja ein wenig verlassen. Zerknirscht zog er seinen Anorak an, schloss die Haustür hinter sich zu und marschierte in Richtung Kirche. Ganz feiner Schnee rieselte vom Himmel, bedeckte den Bürgersteig.
Das Haus von Schröders nebenan war hell erleuchtet. Jonas sah auch Licht im Wohnzimmer. Elektrische Kerzen zierten die Fensterbank. Einen Gabentisch mit hübsch verpackten Geschenken konnte er erkennen. Ging da nicht Schröders Haustür leise auf? Jonas schlich dichter ans Haus. Er erkannte zwei seiner Kollegen aus der Parallelklasse, die sich interessiert über den Gabentisch beugten.
Was tun? Gott sei Dank hatte er sein Handy dabei. Er wählte die Nummer der Schröders. Dabei huschte er an die Haustür und klingelte Sturm. Wie von einer Tarantel gestochen stoben die beiden an Jonas vorbei, ließen die

Haustür sperrangelweit offen. Jonas rannte instinktiv hinter ihnen her, in Richtung Friedhof, Kirche.

Die verhinderten Räuber bemerkten die Verfolgung und legten noch einen Zacken drauf, dann in den Hintereingang der Kirche, durch die Sakristei, eine Tür stand offen. Die beiden stürzten weiter.

Plötzlich standen die Flüchtenden neben der jungen Pastorin mitten im Weihnachtsgottesdienst.

Stille.

Kurze Besinnung und die Pastorin lächelte: „Herzlich willkommen, meine Herren, setzen Sie sich. Ganz vorne sind noch zwei Plätze frei." Verdattert gehorchten sie. Jonas überlegte, dann schlenderte er fast gelangweilt aussehend zur Pastorin und flüsterte ihr etwas in Ohr. Die Gemeinde verfolgte staunend und aufmerksam das Geschehen.

„Eine interessante Idee, eine lebendige Einlage", meinte ein Besucher zu seiner Frau.

„Diese zwei temperamentvollen jungen Männer wollen mich in der Jugendarbeit unterstützen, nicht wahr? Bitte gebt eure Adressen jetzt bekannt, damit die Familien wissen, wer freiwillig ehrenamtliche Freizeitaktivitäten begleiten wird." Ein Raunen ging durch die Menge. Auf ein Zeichen der Pastorin standen die beiden verlegen grinsend auf.

„Seid Ihr willens zwei Jahre lang die Jugendarbeit zu begleiten, dann antwortet laut mit: Ja, gern."

Beide schauten sich an, hoben die Schultern und hauchten nacheinander ein „Ja" heraus. Die Gemeinde dankte der Pastorin und den beiden jungen Männern mit einem spontanen, herzlichen Applaus.

Die fehlende Wärme im Elternhaus und die Langeweile hatte die Schüler entgleiten lassen. Nun waren sie eingefangen. Jonas lässt sich seit dieser Zeit nicht mehr von anderen beeinflussen, er denkt und entscheidet selbst.

Der Klavierspieler

Aeham Ahmad spielte wieder, zum zweiten Mal am 13. Oktober 2019, in der Petri-Kirche in Marschacht. Sein Klavierspiel ließ uns teilhaben an all seinen grausamen wie glücklichen Erlebnissen. „Die Gedanken sind frei", sangen wir Gäste mit. Jeder Platz in der Kirche war besetzt.

Die Organisatoren des Kirchenvorstandes und des Vereins Wort und Musik (WuM) konnten Esther Bejarano und die *Microphone Mafia* überzeugen, gemeinsam aufzutreten gegen den Antisemitismus mit Musik und einer Lesung.

Die Einführungsrede, das Klavierkonzert und besonders die Lesung aus ihrem Buch über eigenes Erleben von Esther Bejarano, veranlasste die Besucher mit Applaus und stehenden Ovationen endlich gegen Menschenverachtung aufzustehen, dagegen zu kontern.

Die Sprache über die Rap-Musik war dem Gros des Publikums, schon vom Alter her, fremd. Aber die Menschen hatten ihren Auftrag verstanden.

Beim Herausgehen aus der Kirche hörte ich hinter mir, der Stimme nach, einen älteren Herrn: „Lasst doch endlich die Geschichte ruhen, das war damals." Ich überlegte mir gerade noch die richtige Antwort darauf, wollte nicht provozieren.

Da sagte vor mir ein junger Mann: „Ach, Sie waren wohl einer der SS-Leute." Der junge Mann drehte sich in meine Richtung um, aber der alte Mann war verschwunden.

„Ein Täter, ein ewig Unverbesserlicher, ein Fanatiker, ein Unterstützer der Neuen Rechten?", fragte der junge Mann.

„Nein, ich denke ein unglücklicher Mensch, der sein Ansehen, seine Macht verloren hat und zu feige oder zu dumm ist, sich und seine Zeit in Frage zu stellen. Armes Kerlchen, armer Mensch", konterte ich.

Der junge Mann und ich nickten uns zu und gingen jeweils mit verwirrenden Gefühlen. Allerdings waren wir aktiviert, uns gegen menschenverachtende Gedanken zu wehren.

Junge und alte Menschen gemeinsam in einem Boot gegen Unmenschlichkeit und Hassgedanken - bedeuten diese Gedanken „Weihnachten"?

Bärbel Petersen wurde 1940 in Bischofswerder/Westpreußen geboren und wuchs nach ihrer Flucht 1945 zusammen mit sieben Geschwistern in Niedermarschacht auf.

1960 heiratete sie den Marschachter Müllermeister Herrmann Petersen.

Sie bekamen zwei Töchter und einen Sohn, der mit Trisomie 21 geboren wurde. Deshalb setzt sich Bärbel Petersen seither für die Rechte und das Wohlbefinden behinderter Menschen ein.

Bis zum heutigen Tag lebt sie im engen Familienverbund in dem Haus, in dem inzwischen auch ihre vier Enkel aufgewachsen sind.

Die Zeichnungen und Radierungen fertigte **Reinhard Wieckhorst** aus Marschacht.

Der Künstler ist 1937 in Schwinde in der Elbmarsch geboren und dort auch aufgewachsen.